ハヤカワ文庫SF
〈SF2427〉

宇宙英雄ローダン・シリーズ〈703〉

ポスビの継承者

H・G・エーヴェルス&ロベルト・フェルトホフ
赤坂桃子訳

JN003823

早川書房
9010

日本語版翻訳権独占
早　川　書　房

©2023 Hayakawa Publishing, Inc.

PERRY RHODAN
DIE ERBEN DER POSBIS
BARRIERE IM NICHTS
by
H. G. Ewers
Robert Feldhoff

Copyright ©1988 by
Pabel-Moewig Verlag KG

Translated by
Momoko Akasaka
First published 2023 in Japan by
HAYAKAWA PUBLISHING, INC.
This book is published in Japan by
arrangement with
PABEL-MOEWIG VERLAG KG
through JAPAN UNI AGENCY, INC., TOKYO.

目次

ポスビの継承者

ポスビの継承者

H・G・エーヴェルス

登場人物

ペリー・ローダン……………………テラナー。銀河系船団最高指揮官

アトラン……………………………アルコン人

バス＝テトのイルナ………………アコン人。アトランのパートナー

ヌリア・ガイ・ツァヒディ………アフロテラナー。宇宙船設計士

ラトバー・トスタン………………テラナー。《ツナミ＝コルドバ》艦長

ゴラシュ……………………………グラド。二百の太陽の星の最高司令官

アセナス ……………………マット・ウィリー

ナシュレディン ……………………マット・ウィリー

1

NGZ一一四三年四月十五日。

「サヤアロンは地獄だ！」ハミラー・チューブのコミュニケーション・セクターから声がした。

バス＝テトのイルナは、ポジトロニクスの制御壁を穴のあくほど見つめた。その黒い目の輝きは確固たる意志を秘めていたが、孤独と絶望の影もある。

惑星ブガクリスの秘密基地での戦闘で、コンビネーションに組みこまれていたプシトロン増幅器が破壊され、修復不能になってしまった。サヴァイヴァル・コンビネーション自体も使えなくなり、それから彼女はふつうのセラン防護服を着ている。

だが精神的にまいっていたのは、そのせいではない。問題は、プシトロン増幅器を失ってから、六次元ペドトランスファー能力による行動半径が、数光年どころか一キロメートルほどになってしまったことだ。

それは、彼女がカッツェンカットの姉と意識を合わせて発揮できるペド能力の通常の行動半径ではある。だが卓越した能力を突然失ったことは、手足の切断手術のあとのトラウマのような苦しみだった。

アコン人貴族の出で、アコンのエネルギー・コマンドのトップ工作員だったイルナには、自制心というものがあるが、それでも感情を完全に殺せはしない。

ビロードのような褐色の肌のきらめきは、うっすら汗ばむといっそうの光を帯びる。六次元ペド能力でハミラー・チューブの箱の内側に侵入しようと、必死に注意を集中させた。伝説によれば、そこには《ソル》生まれの天才数学者にしてハイパー物理学者ペイン・ハミラーの頭脳があるのだ。かれはハミラー・チューブを設計し、それをＮＧＺ二年に《バジス》に搭載したが、直後に事故で謎の死を遂げた。その遺体はいまだに確認されていないという。

だが、試みは八分ほどで失敗。

女アコン人は、ため息をついてあきらめた。

かぶりを振っていると、エンザ・マンスールとノックス・カントルがやってきた。

「これくらいじゃ、くじけないけど」と、気丈にいった。「ぜんぜんだめだったわ。こんなに近くても、チューブの制御エレメントにすら到達できないんだから、ハミラーの脳なんて、とてもとても。でも、脳がチューブに移植されているのはまちがいないはず」

「あなたの試みがやすやすと成功すると、期待していたわけじゃない」と、シナジー・ペアのふたりのほかにその場にいたアンブッシュ・サトーがいった。

この超現実学のスペシャリストは、昔からの習慣で黒い絹のキモノを着ている。背中には竜の模様。かれは褐色の大きな目で、バス＝テトのイルナを同情して見つめた。

失敗した女アコン人の苦しみを思いやれるのは、かれぐらいだろう。

一瞬、感謝のほほえみをうかべ、イルナはふたたびハミラー・チューブのほうを向いた。チューブは、《バジス》の〝瓦礫《がれき》の原〟から救出されて以来、ずっと《シマロン》の同じ部屋に置かれていた。

「あなたのいう〝地獄〟の定義を教えて、ハミラー」と、内なるエネルギーのためにつねに震えている声で彼女がたずねた。

「天国と地獄にいたる門は、きわめて近くにあり、よくとりちがえるもの」と、ポジトロニクス。

「いつもの調子ですね」と、アンブッシュ。「どうやら本性は〝ナンセンスの壁〟のうしろにかくれているようだ。それでも、古い情報のほとんどをまだ持っているにちがいありません」

「だれのことを話しているのか、ミスタ?」チューブが訊いた。

「きみのことですよ、もちろん」と、アンブッシュは答え、腕を組んだままおじぎをし、《バジス》のポジトロニクスの制御壁に向かって、わざとらしい笑いをうかべた。「きみは人類に貢献してきた。それに、ばらばらになった《バジス》のセグメントを何百年も守りぬくという偉業を……」

「《バジス》をただちに再建造することを要求する!」と、ポジトロニクスが割ってはいった。

「なにごとにもタイミングというものがあるわ」と、イルナ。「いまあなたの助けが必要なのは、《バジス》を再建する条件をととのえるためなの。あなたは故郷銀河がどんな状況か、本当はもっと知っているはず」

「サヤアロンについてね」と、アンブッシュ・サトーがおぎなった。それは故郷銀河をさすカルタン語で、〝はるかなる星雲〟という意味である。

「サヤアロン!」と、ハミラー・チューブが反復。嘆くような口ぶりだ。

バス=テトのイルナは目を閉じて神経を集中し、宇宙カタストロフィ後の七百年間になにがあったのか、これまで得たわずかな情報から全体像を描こうと試みた。

だがうまくいかない。

わからないことが多すぎる。このちいさな銀河系船団が、六百九十五年も停滞フィールドにつかまって孤立していたあいだに、すべてが変わってしまった。

内部でひそかに呼びならわされている〝幽霊船団〟の乗員は、現実というものがわからなくなっていた。それでも、絶望しつつも新しい現実に立ち向かっている。理性的な反応を引きだせるのなら、ハミラー・チューブは大きな力になってくれるはず。

だがチューブは支離滅裂なことをしゃべり、あやふやな情報をほのめかすばかり。

NGZ一一四三年四月十五日、幽霊船団は二百の太陽の星をめざしていた。見捨てられたギャラクティカーたちの群れは、ポスビから故郷銀河に関する重要情報が得られるだろうと期待していたのである。

だが実のところ、二百の太陽の星でその情報が見つかると思っている者は、あまりいなかった。ばらばらになった《バジス》があるハンガイ銀河宙域でも、嵐の惑星ブガクリスでもうまくいかなかったのだから。

そこでイルナは、アンブッシュ・サトーと、シナジー・ペアのエンザ・マンスールとノックス・カントルの助けをかり、無謀にもハミラー・チューブの〝最深存在〟まで到達しようとしていた。故郷銀河に進入するリスクを知るために。

ハミラーがまた同じことをくりかえしたとき、居合わせた全員が息をのんだ。

「サヤアロン！」

「わかった！」チューブがそれ以上話さないとわかり、イルナがいった。「サヤアロンについて知っていることをぜんぶ話して！　お願い、ハミラー！」

「なぜ知りたい、女アコン人？」ハミラーが横柄な口調でいった。「アコン人エネルギー・コマンドがこの秘密を探っているのか？」

「アコン人エネルギー・コマンドは関係ない」イルナはポジトロニクスにいった。「これは、すべてのギャラクティカーにかかわることなの。ねえ、なにを知ってるの、ハミラー？」

「サヤアロンは地獄だ」ポジトロニクスは最初の発言をくりかえした。「永遠に孤立無援の場所。そこに追放された者はみな呪われる。だれもはるかなる星雲から出られないし、はいれない」

「それは前にも聞いたよ」ノックス・カントルが吐きすてるようにいった。「なんども同じ言葉のくりかえしだ。このブリキ箱をスクラップにしてやろうか！」もちろん本気ではない。だれもが、ハミラー・チューブがかけがえのない宝で、必要とあれば命をかけても守らなければならないと知っていた。

「行きましょう！」イルナがいった。

＊

バス＝テトのイルナは、シナジー・ペアおよび超現実学者とともに《シマロン》の司令室でこの試みを分析。ペリー・ローダンとグッキーもいた。レジナルド・ブルも〝狂ったポジトロニクス〟について意見を述べた。それから彼女はアトランと暮らすキャビンがある《カルミナ》にもどった。

女アコン人は、《シマロン》の転送機でハイパーエネルギー性のインパルス・パターンになって超光速で放射され、一瞬のうちにかつてのネット船の受け入れ部で実体化。転送機の台座のあいだにある赤い警告サークルを出たあと、彼女は反重力リフトに直行しなかった。一分間ほど、メタルプラスティックの壁でかこわれたちいさな空間にとどまり、宇宙船内部の物音に耳をそばだてる。

それは、太古の世界の不吉などよめきでも、数千年前の建造物が発する大音響でもなかった。《カルミナ》船内で聞こえたのは、換気の風のざわめき、通廊の搬送ベルトのうなり音、宇宙船の空気がかもす魔法の音だ。イルナは心の目で、はるか昔を振りかえっていた。とあるドックでクエリオンの技術によって例の乗り物が生まれた。その乗り物で、彼女とネットウォーカーたちは、モラルコード、とくにコスモヌクレオチド〝ドリフェル〟を守るために大宇宙のプシオン・ネットを移動した。

それも遠い過去のこと。すでにプシオン・ネットはなく、ドリフェル・カプセルもおそらく消滅。コスモヌクレオチド〝ドリフェル〟も、この宇宙からその身を閉ざしているらしい。

宇宙にとって、はてしない損失ではあるまいか？

イルナの肩に力がはいった。

損失だったことは疑いない。多くの知性体が〝はてしない損失〟だと見なした。だが、メリットもあったのでは？　いわゆる高次宇宙勢力が、局部銀河群の宙航文明に介入する結果になったからだ。

それは新しいポジティヴな流れに通じたのかもしれなかった。タルカン宇宙と通常宇宙のあいだの大量の物質トランスファーが惹起《じやつき》した宇宙カタストロフィは、いまだに全容がわかっていない、ネガティヴな結末に終わらなかったかもしれない。

その結末を、幽霊船団のギャラクティカーたちはほとんど知らない。わかっているのは、メエコラー＝ハンガイの内部で戦争が猛威をふるったこと、ハウリ人はもはや重要でないこと、ハンガイ＝カルタン人とかつてのカンサハリヤ種族はいがみ合い、無数のちいさな星間帝国に分裂したこと、《バジス》が十万の部品に分解されたということ、サンドラ星系の第二惑星ブガクリスに、《バジス》生存者の子孫がいること、かれらは原始段階に退化し、同じく原始化したハウリ人子孫もいること、そこでの文明は停滞していることぐらいだ。

これまでなにもしなかったわけではない。〝失われた〟六百九十五年を検証し、現状に対処しようとしてはいる。

だがこの状況を克服できるかどうかは、またべつの問題だ。一銀河の平均的な知性体の数と比較すれば、かれらはちりの粒のようなもの。〝失われた者たちの群れ〟と自称しているのも不遜だろう。

なぜならかれらの数は、もっとすくないからだ。

＊

自分でも知らぬ間に、バス＝テトのイルナは転送機ステーションから出たらしい。次に目にしたのは、《カルミナ》の生命維持室の内壁だったから。船内のちいさな薄暗い部屋だ。

女アコン人は、からだをゆっくりめぐらせ、ハチの巣形の大小の医療深層睡眠タンクのふたが見えたとき、身震いした。

いずれかのふたの奥に、ブガクリスの秘密基地の守護者、ナート人タヴールがいる。

この男は誤解から彼女と決闘したが、その後は忠臣となり、〝さすらいの騎士〟として二十年は彼女に仕えるはずだった。

だが秘密基地の分子脳は、この翻意《ほんい》を裏切りと見なし、おのれとナート人を抹殺しようとした。

すくなくとも、そういう計画だった。事実、基地と分子脳はそうなった。だがタヴールは、高エネルギー放電の攻撃をおのれの生命の火花でしのいだ。かれには、近いうちに回復できる見こみがある。イルナとグッキーが、かれを《カルミナ》の医療深層睡眠タンクにいれたからだ。

イルナは目を閉じてゼロ夢にはいりこみ、冬眠している忠臣の意識とコンタクトしようとした。

だがだめだった。

一秒間はゼロ夢にはいり、タヴールの意識の火花がちらっと見えたが、かれの状態を知るには短すぎる。

この試みで彼女は疲れてしまった。朦朧《もうろう》として壁に背をあずけたままくずおれ、床にすわりこんでようやく意識がはっきりしてきた。

〈還元トラウマの克服は、まだまだね!〉と、自嘲する。

だが、いまできることをするのが彼女の信条なので、すぐに気をとりなおし、重いからだを起こして生命維持室を出た。思考触手が自分の脳を探っているように感じたときも、振りかえらなかった。

そんなことなどありえなかったから。

医療深層睡眠タンクにいる者は、いかなるイニシアティヴもとることなどできず、他者の思考インパルスに共鳴するくらいがせいぜいなのだ……

＊

アトランの宇宙船の司令室。かれは自分の特殊成型シートにすわり、はいってきたイルナにほほえみかけた。

女アコン人は笑みに応え、アルコン人の隣りのシートにすわった。自分がガラスでできていて、思考が額に映写されているように、アトランに見透かされている気がする。でも、かれが自分を尊重してくれているので、感謝していた。《カルミナ》の転送機で再実体化してから司令室にくるまでにひどく時間がかかったのに、とがめられなかったから。

もちろんかれは時間の経過を知っていた。司令室の制御装置には、船内転送機でだれがいつ非実体化あるいは実体化したかが、正確に表示される。

そのかわりにアルコン人はディスプレイに表示されている内容を、なにげなく伝えた。

「われわれは二百の太陽の星までの距離の八十パーセントをこなし、最後に位置確認をおこなってからは、速度を絞ってハイパー空間を移動している。目標宙域に到着するのは三時間後だ」

イルナはうなずき、自分のコンソールの供給コネクタから水を一杯とりだした。のどがからからだった。冷たい水をゆっくりと飲み干す。

「ハミラー・チューブをためしてみたけれど、だめだったわ」と、報告する。「あの箱のなかでなにが起きているのかわからない。ハミラーは同じことをくりかえすだけ。故郷銀河を相《あ》いかわらず〝呪われた者たちの銀河〟と呼び、〝永遠に失われた場所だというの」

「地獄のような場所ということか」かすかにほほえんでアトランがいった。

「〝地獄〟っていったと、なぜわかるの？」と、イルナ。

アルコン人は、こんどは皮肉な微笑をうかべた。

「テラナーのことはよく知っているのでね。ハミラー・チューブは、やつらのもったいぶった語彙を使うから」

突然また真顔になった。

「だが、ハミラーが誇張しているとは思わない」と、アトラン。「これまでわかったことは多くはないが、最悪の事態を想定せざるをえない」

「本当にそう思っているのね」と、女アルコン人。「心配だわ。この前のハイパー遠距離探知で、故郷銀河についてなにかわかった？」

「いいや」と、アトランがうかない顔でいった。「故郷銀河のハイパー遠距離探知結果は、ここのところ、これまでと変わらない。故郷銀河はごくふつうの銀河で、自然法則にしたがって、秩序あるいとなみがおこなわれている。星間レベルの戦闘で見られるような、エネルギーの遮断や爆発の兆候はまったくない。だが、わたしが不安になるのはまさにそのためだ。ありえないほどの正常性は、正反対の事態の前ぶれだからね」

「わかるわ」と、女アコン人。「もしも未知の勢力が関与しているのなら、この勢力は覇権を争う必要がないのよ。全銀河文明を凌駕《りょうが》するすごい力を持っていて、指をぱちんと鳴らすだけで、かれらを一掃できるのかも」

「まあ、そんなところだ」と、アトラン。「まずいことになった。だが銀河間空間では、われわれは大丈夫」かれは制御コンソールのカバーを指関節で三回たたき、曖昧《あいまい》な笑顔になった。「二百の太陽の星でなにが待っているのか、だれにわかろう……」

「そうね」と、イルナ。「いざというときに失敗しないように、ベストコンディションで目標に到達するのがわたしたちの義務。そのために、到着ぎりぎりまで休ませてもらうわ」

アトランは、おや指で肩ごしに寝室がある方向をさししめした。

「さっさとお行き！」と、アトラン。「わたしは充分休んだから、持ち場にとどまる」

「ありがとう」と、イルナはいって、自分の成型シートを快適な寝椅子に変形させた。「ちょっと寝させてもらうわ。でもここにはいたいの。あなたのそばがいい」

アトランはうなずいた。彼女の精神状態が万全でないと気づいたが、知らんぷりをした。医師のように診断したとして、それがイルナの役にたつわけではない。

「いびきをかいたりしないならOKだよ」かれはイルナをリラックスさせようと試みた。

自分自身もどれほど緊張しているか、あらためて感じる。

《カルミナ》の全インジケーターは、完全に正常な状態を示唆《しさ》している。

だが実際は正常とはほど遠く、幽霊船団が七百年近くも無慈悲な停滞フィールドのなかに閉じこめられていたあいだ、局部銀河群、とくに故郷銀河ではなにか恐るべきことが起きていたのではという暗い予感だけがあった……

2

NGZ一一四三年四月十六日。

「注意！」《カルミナ》のシントロニクス結合体が告げた。「三十秒後、超光速航行終了。全船のシントロン・プログラミングにもとづき、二百の太陽の星から一・五光年の距離で通常空間へ復帰」

「戦闘準備！」制御装置と大全周スクリーンのヴィデオ映像を監視しながら、緊張した顔つきでアトランがいった。いまのところ、ハイパー空間は暗いままだ。「防御バリア・プロジェクター準備。まだ作動させるな！　アクティヴ探知も同様！」

「あと二十秒」と、シントロニクス。

　バス＝テトのイルナは成型シートを起こして、伸びをしながらパートナーのアトランにうなずいた。いつでも動きだせるという合図だ。

　心のなかでうごめいている還元トラウマを、振りはらう。

「あと十秒」と、シントロニクス。「すべて計画どおり。入力にもとづきスイッチ切りかえ。復帰後ただちにパッシヴ探知をシフトアップ」

アトランは不要なコメントはひかえていたが、心の緊張は高まるばかり。

〈二百の太陽の星の宇宙セクターで、なにが待ちうけているのか？ 光を失った人工太陽にかこまれた残骸の山か？ あのすばらしい生体ポジトロン・ロボットと中央プラズマはどこに？

それとも、生体ポジトロンの古き友が過去七百年の出来ごとを教えてくれるのか？

それとも、死の罠か？〉

「グリゴロフ、ゼロ！」と、シントロニクス。「復帰！」

アルコン人が最初に見たのは、《カルミナ》が四次元時空連続体にもどったことをしめす計器の表示のみ。全周スクリーンのヴィデオ映像は暗いままだ。

ただ、右舷にぼんやりと光の点が見えた。三十万光年はなれた故郷の銀河系だ。と、ヴィデオのフロント・セクターに、孤独な光点が。

ポスビ惑星の二百の人工太陽にちがいない。これほどはなれていると、人間の目にはたったひとつの光源に見える。

〈すべては正常ということか？〉

「《ツナミ＝コルドバ》を使えたらよかったのにね」と、イルナ。

「ブリーが《シマロン》から超光速探知ゾンデを出した」と、アトランは答えた。

「ATGフィールドに守られて、完全に姿を消して二百の太陽の星に近づける宇宙船にはかなわないわよ」と、女アコン人が反論。

アトランも彼女が正しいことはわかっていた。

しかし、《ツナミ＝コルドバ》は、いまは使えない。四月九日に二百の太陽の星をめざしてスタートしたのだが、新しい情報を集めるためにマークスの宇宙駅、ミッドウェイ・ステーションとルックアウト・ステーションによっているからだ。

ツナミ艦がくるのは、あすかあさってか、はたまた二週間後か。

だがそんなに長くは待てない。幽霊船団の男女は、自分たちの銀河、ギャラクティカム、故郷世界と故郷文明がどうなっているのかわからず、苦しんでいるのだから。

「テレカム・コンタクト！」と、シントロニクス結合体。「宇宙船《シマロン》」

アトランは視線スイッチでテレカムを起動。予想したとおり、ペリー・ローダンの姿がスクリーンにあらわれた。

「航路に問題はありません」と、テラナーは報告した。「ヴィデオ・スクリーンをセクター拡大にしてください、アルコン人。ポスビ世界の二百の人工太陽です。うまく拡大すれば、二百の太陽の星そのものも見えます。すべて一年半前と同じで」

アトランはかすかにほほえんだ。

すでに自分で拡大して、二百の太陽の星のシルエットも、二百の人工太陽のまばゆい光点も見ていたのだ。人工太陽は球形になって二百の太陽の星をとりかこみ、光と熱を送っている。

「探知ゾンデはいつもどってくる、ペリー？」と、アルコン人。

「二十分ほどで」と、ローダン。「それまでに未知の超光速探知インパルスに遭遇しなかったら、なにも発見しなかったということ。そのあいだに、誇り高きわれらの船団は自由降下で目標に接近」

アトランはローダンの口調にいらだちを感じとった。

「忍耐がたらんな、ちいさな蛮人。わたしのように一万年も〝時間の孤独者〟として原始世界ですごせば、もっと泰然としていられるものを」

テラナーは微笑した。

「一対〇であなたの勝ちだ、古き友よ」だが、すぐに真剣な口調になった。「《ツナミ＝コルドバ》もいっしょならよかったんですが。そうすれば、われわれふたりとイルナをＡＴＧフィールドで保護して、二百の太陽の星まで見つからずに行けましたから。ほかの宇宙船では、ようすがわからないかぎり、絶対に接近できません。いまだって、未知者に探知されているかもしれない」

「きみもイルナと同意見のようだな」と、アトラン。「だがマークスの宇宙駅の偵察も重要。それに問題が起こったら、その難題を乗りきるのにラトバー・トスタンほどの適任者はいない。なにしろUSOの卒業生だからな」

「二対〇であなたの勝ちですな」と、ローダンはそっけなくいった。「ではゾンデの帰還を待ちましょう！」

バス＝テトのイルナはふたりの会話にはいらず、軽くうなずいただけだった。

次の瞬間、彼女は身をすくませた。またなにかの思考触手が脳に触れた感じがする。無意識にこうべをめぐらせ、生命維持室のほうを見たが、さっきの感覚はもうなくなっていた。

いらいらした女アコン人はふたたび向きなおり、二百の太陽の星と人工太陽のセクター拡大部に集中した。

幻覚だったのか。タヴールの脳が自分からインパルスを送ってくることなど、絶対にありえない。

次の機会によく調べてみよう。こうしたケースのためのテストがあるのだ。すぐれたポジトロニクスかシントロニクスがあれば、明快な結果が出る。ただこの手順には数時間かかる。それほどの余裕はいまはなかった。

*

「テレカム・コンタクト！」シントロニクス結合体がふたたび告げた。

「宇宙船《シマロン》！」ペリー・ローダンだ。シントロニクス知性体に先んじ、正規の手順をへずに自分で接続を確立したのである。「すべての探知ゾンデがもどってきました！」高ぶった声だ。「シントロニクスの評価結果を、すぐに全船に転送！」

「パッシヴ探知の結果は、現状と一致しているか？」と、アトラン。

「はい」と、テラナー。「二百の人工太陽はまだあります。二百の太陽の星も。ただひとつだけ変化が。ご自分で見てください！」

全周スクリーンの前方三分の一が暗くなった。その後、その部分が以前より明るくなり、《シマロン》から送られてきたゾンデの探知結果が表示された。

二百の人口太陽は相いかわらず輝いている。人工太陽が照らしだす地球に似た惑星は、まったく破壊されていない。

「ぜんぶノーマルに見える」と、イルナは沈んだ声でいった。

「そうだといいのですが」と、ローダン。「われわれの探知ゾンデはポスビのセグメント船を一隻も発見できませんでした。空中にも、地表にも。以前はうようよしていたのに」

かれの声が大きくなった。

「そのかわりに新発見がありました！」

二百の太陽の星と人工太陽の映像がぼやけ、すぐにほかの映像に切りかわった。

奇妙な宇宙船のような物体だ。だがよく見ると、どう考えても宇宙ステーションである。

そのシルエットは、テラの子供が遊ぶおもちゃのこまに似ている。まるくて、下のほうが円錐形になっているぶあついプラットフォーム。映像に挿入された数字が寸法をしめしている。

プラットフォームの直径は千五百メートル。厚さは六百メートル。中心部を一種の塔のようなものが〝貫通〟していて、その全長は三千メートル。上と下にそれぞれ千二百メートル突きだしている。この塔の土台部分の直径は上下いずれも三百メートル、〝先端部〟は直径百メートル。両先端はちいさなこぶのようなものがいくつもあって、その一部はアンテナに見える。

だがそれだけではない。

プラットフォームの上から三分の一の位置に、直径九百メートルのリングが三つ接合されている。リングの内径は六百メートル。幅広なフランジも合わせると、ステーションの水平方向の直径は三千メートルにもなる。三つのリングもふくむ仮想上の円を描いたとしての話だが。

「われわれのゾンデはこのような宇宙ステーションを三基発見。どれも固定軌道にのって、二百の太陽の星のまわりをまわっています」と、ペリー・ローダンが説明した。

「この建造方式はまったくわからない」と、アトラン。「ことによると、ポスビ世界を乗っとった異人たちか。その謎の異人たちが……」

「結論を急がないでください！」と、テラナーが警告した。「次のステーションを見てみましょう」

映像がまた変わった。

そのステーションのリングに宇宙船の姿が見えると、アルコン人も女アコン人も深く息を吸いこんだ。その洋梨型は見まちがえようがない。

「グラド！」イルナとアトランが同時にいった。

「百パーセントまちがいない」と、ローダン。「この構造は典型的です。それに大きさも。われわれがこれまで最大だと認識していたグラド船のサイズと一致します。長さ千百メートル、最大直径六百メートル」

「グラドか！」アトランがまたいった。「グラドは勇敢で闘争能力もあるが、好戦的じゃない。かれらが二百の太陽の星を強奪したとは思えない。連中の考え方が完全に変わったのなら、べつだが」

「たかだか七百年で変わるかしら」と、イルナ。

「たしかに」と、テラナー。「それにグラドとポスビが戦ったのなら、二百の太陽の星の地表にも変化があるはず」

「無血で占領したのかしら」と、イルナ。「そんな感じがする。もっと知りたければ、グラドと直接コンタクトするしかない。もっとも、グラドの宇宙船もまったく変わっていないわけではないわね。以前は不格好だった着陸脚も、アーチ形でしゃれたセグメントになっているし、内側も改造されているかも」

「そうだな」と、ローダン。「遠距離探知の分析によれば、この大型宇宙船はかなり傷んでいるらしい。戦闘に出動して、現在は修理中なのだろう。最後に三番めの宇宙ステーションを見てみよう」

ふたたび映像が切りかわった。

同じくこま形の宇宙ステーションがぼんやり見える。大きさもべつのふたつのステーションと一致。ちがうのは、ちいさな洋梨型宇宙船がまさにリングからスタートし、一直線に加速中だということ。

「われわれのゾンデは、この宇宙船が超光速フェーズに移行するまで監視しました」と、ペリー・ローダン。「位置確認時の飛行方向を変更していないのであれば、宇宙船は大マゼラン星雲に直行しています」

「それはまた興味深いな」と、アトラン。「グラドは、祖先から受けついだ故郷を追放されて二百の太陽の星に住みついたのではないってことだ。あの獅子人間たちと知り合って、情報を交換したくてうずうずしてきたぞ」

「まったく同意見です」と、ローダン。

「十二隻の宇宙船で突然あらわれて、グラドになんて説明するの？」イルナが訊いた。

「もちろん真実はあかさない」と、ローダン。「本当のことをいっても、にわかには信じてはもらえないだろうし。天の川銀河からやってきたといって、いや、それはまずいか……」

「そのとおりだ！」と、アトラン。「呪われた者たちの銀河、つまりホラー銀河からきたなんていったら、グラドに疑われて答えきれないほど質問されるだろう。恐怖心から反射的に武器を手にとられでもしたら、目も当てられない」

「アンドロメダ銀河からきたといえばいいのよ」と、女アコン人。「グラドはきっとあそこをよく知らないから。アンドロメダにあるアルコン人植民地の一員だと主張すれば。それと、球型船じゃなく《カルミナ》を使ったほうがいい。獅子人間がよく知らない宇宙船タイプのほうが、かえって疑われないでしょう」

「いい考えだ」と、ペリー・ローダンが同意した。「もちろんわたしも行きます」

「当然だ」と、アトラン。「きみは、部隊より先に突撃する、恐れしらずのいにしえの騎士だからな」

「あなたは、そうじゃないんですか？」と、ローダン。

「まあ、わたしもそんなところかな」と、アルコン人はそっけない。

「もし本人が同意したら、ヌリアを連れていって、ペリー！」イルナがたのんだ。

彼女はテラナーがうなずくのを見たが、かれは霧の向こうにいるようだった。また急に脳に触手が伸びてきたのだ。だがそれは幻覚のように一瞬で消えた。

「半時間後にスタート」と、アトランの声がする。

彼女は夢遊病者のようにシートから身を起こすと、ハッチに向かった……

*

彼女は、高品質メタルプラスティック製の六角形のふたをじっと見ている。その向こうで、忠臣が人工冬眠状態で横たわっているのだ。

ゆっくり腰をおろしてあぐらをかき、目を閉じて意志力を集中してゼロ夢にはいる。

ゼロ夢では、どんな物質も夢見者の障害にならない。これは、既存の空間領域をみたしている固形物質が存在しないからではなく、ゼロ夢では次元の壁ができるからだ。

夢見者イルナにとってゼロ夢は非常にリアルで、夢の舞台に自分のからだが実体化したかと思うほど。それでも収穫はなく、答えは得られそうになかった。

彼女は夢のなかで、ナート人のがっしりした姿を見おろしていた。引き裂かれ、一部が焦《こ》げた黒い宇宙服をまとったかれは、ハチの巣形の医療深層睡眠タンクのホワルゴニウム格子《ごうし》の上に横たわっている。最低レベルまで低下させた体温で人工冬眠しているのだ。

かれの右側には、直径一・五メートルのまるい楯が立てかけてある。あのときグッキーがテレキネシスで生命維持室に運びこんだものだ。左側には、ホワルゴニウム・クリスタルで装飾したインケニット製の鞘《さや》がついた腰ベルトがかかっている。鞘の中身は、刃渡り二メートルのかみそりのように鋭いスーパーアトロニタル合金の刀だが、イルナはこれを隣接する道具室にかくしていた。

タヴールの三つの目は閉じている。そのため、ひとつ目の巨人キュクロプスのようには見えないが、それでも平均的な知性体とくらべるとかなり奇怪だ。

「眠りなさい、わたしの忠臣！」と、夢見者はつぶやいた。「完全に回復して、あなたがまだ知らないわたしのパートナーと向きあい、自分の足で立てるようになるまで、あなたの眠りを守ってあげる」

彼女は精神インパルスがまた反応するのを待った。これまで三回感じたときのように。

だがむだだった。

「あなたじゃなかったんだ！」はっきりわかった。

彼女が感じた精神インパルスは、タヴールではなく、ほかのだれかのもの。

《カルミナ》船内にいるだれか。しかも、だれも知らないだれかだ。

なにかそんな予感がした。

その気づきは夢見者には衝撃だった。

彼女は生命維持室のにぶく反射する壁に自分の姿をうつした。だれかがこれまで《カルミナ》船内にかくれていたとは、なんというショック。

ためらいながら身を起こし、コンソールに近づく。あのとき、グッキーの助けをかりてナート人を医療深層睡眠タンクにいれ、操作したコンソールだ。だが操作してもタンクのふたのグリーンの表示は点灯しなかった。タンクは使用中で、きちんと機能しているのに。

コンソールの前で彼女は立ちどまった。

脳内で考えが駆けめぐる。

〈どういうこと？　べつの医療深層睡眠タンクにだれかがかくれて、無断で乗船している？

アフ＝メテムの最後の具象が、停滞フィールドに閉じこめられた六百九十五年を完全冬眠の状態で乗りこえ、長年の敵を抹殺する時を待っているのか？

それとも未知の次元の怪物？　故郷銀河を手中にした悪の分身？〉

必要とあらば武器を使おうと決め、女アコン人はコンビ銃をベルトのホルスターから出し、パラライザー・モードに。

次に彼女はコンソールのスイッチを当時とは逆の方向に切りかえた。

かたずをのんでいると、奥で忠臣が寝ているハチの巣のふただけでなく、隣りのふたも、グリーンの表示スクリーンが光ったではないか。

そのふたはかなりちいさかったから、ハチの巣もちいさいのだろう。

無断で乗船している客はあまり大きくないということ。

だが、からだのサイズは、その生物の危険性とは関係ない。その論理なら、ウィルスは宇宙でいちばん無害なものになってしまう。

バス＝テトのイルナは安全装置をはずした銃を、ちいさなハチの巣のふたのほうに向け、蘇生自動装置を操作。

グリーンの表示スクリーンに何分間もカラフルな光がはしり、それからふたが音をたてて勢いよく開いた。

あやうく銃を撃つところだった。だが、きびしいトレーニングで身につけた自制心がそれをさまたげた。

次の瞬間、女アコン人は胸をなでおろした。医療深層睡眠タンクの銀色に光る壁のなかにいたのは、危険な怪物や邪悪なスーパー戦士ではなかったからだ。

オクリルの赤ちゃん！

安心のあまり、イルナは度を失ってしまった。武器を持った手が震え、熱い涙が頬をつたう。

からだのコントロールがきかず、反射的に引き金を引いてしまいそうになったので、コンビ銃から手をはなした。

銃が床にぶつかり、にぶい音がする。

三十センチメートルほどのソーセージ形のオクリルが、複眼のように細かく分かれた目を開けた。幅広でやわらかい口からちいさなピンク色の舌を出し、すぐに引っこめた。人間の赤ん坊の手と同じぐらいのサイズの前足が、医療深層睡眠タンクのホワルゴニウム格子の上でうごめいている。

イルナは自制心をとりもどした。

両手を赤ん坊のほうに伸ばし、動物に対してこれまで感じたことのないような大きな愛情に圧倒された。

オクリルがくしゃみをした。テラの子猫のくしゃみよりもちいさな音で。何回も。それがどういう意味なのか、ちいさなオクリルを抱きしめてはじめてわかった。前に深淵の地でオクストーン人のファウナマイスター、スタリオン・ダヴから聞いたことがあったのだ。

〝オクストーンのファウナマイスターとオクリルのあいだでは、すぐにいちずな双方向の愛情が生まれるか、まったく関係が生じないかのどちらかなのだ〟

だがスタリオン・ダヴはこうつけくわえた。

〝ひとめで双方に愛情が生まれる場合、オクリルの相手はかならずしもオクストーンのファウナマイスターである必要はない〟

オクリルの赤ん坊と彼女のあいだには、すぐに愛が生まれた。

イルナにはそれがわかった。

「サーレンゴルトの塔にかけて！」と、彼女はつぶやき、数分前に人工冬眠からめざめたばかりの動物のあたたかいからだを抱きしめた。「オクリルの赤ちゃんがどうやって《カルミナ》の医療深層睡眠タンクにはいってきたのかしら？」

論理的には不可能だ。だがはっきりした事実が目の前にあるとき、論理がなんだっていうのだ！

アトランだ！　最初にイルナが思ったことはこれだ。かれがここにベビーをいれたにちがいない！

アームバンド・テレカムでアトランを呼びだしてたずねようとしたが、思いとどまった。

アトランに質問したら、かれは自分がオクリルをここにいれたか否かにかかわらず、生命維持室にくるだろう。

そうすればほかの医療深層睡眠タンクも調べ、タヴールを発見するかもしれない。かれのような男にはかくしごとができない。

だがそうすればナート人の名誉が傷つけられる。それはかれの女主人として許せない。主人は自分に仕える忠臣に対して権利のみならず、義務も負っているのだから。

女アコン人はとほうにくれた。

生命維持室の彼女は、ただちに決めなければならなかった。《カルミナ》が幽霊船団からはなれ、超光速飛行で二百の太陽の星にスタートしたら、司令室が彼女の持ち場だ。遅れたら、アトランが探しにくる。

急にあの意識インパルスが脳にそっと触れた。いま、彼女はどこからインパルスがきているのか知っている。孤独から逃れるための動物のちいさな試みだということは明らか。

テレパシーやそのほかのプシオン能力は使えない。

だが彼女には〝異能〟があった。ゼロ夢とペド遷移を使える六次元ペド能力である。彼女はとっさにペド・ポーリングを使い、すぐに未知のハイパーセクスタ・モジュールパラ放射とコンタクト。ほとんど自分のもののような親しみを感じた。

それはオクリルの赤ん坊のハイパーセクスタ・モジュールパラ放射だったのである。でもバス＝テトのイルナは、多くを望まないようにした。赤ん坊の脳は未熟で、高等動物のほぼ成熟した脳だけがハイパーセクスタ・モジュールパラ放射、別名ÜＢＳＥＦ定数を出せるのだ。

ここから開けるかもしれない可能性を考えると、目眩《めまい》がしそうになった。絶対にこの好機を逃さず、ペド遷移によってオクリルの赤ん坊の人格を引きつぎ、この動物の意識と無意識のなかにあるものすべてを受けとろう。

かれの出自もだ。

赤ん坊の脳から、死の世界パガルで、ファウナマイスターのチャトマン、カマシュ人のトヴァリ・ロコシャン、小神像ルログとともに行方不明になったオクリルのファイターが、爆発した物質シーソーのハイパーエネルギー波動で散り散りになったと知り、イルナはぞっとした。

おそらくファイター、チャトマン、トヴァリ、ルログはハイパー空間で永久に吹きとばされたのだろう。

だがチャトマンの相棒のオクリルは、そのさいにオクリルにとってはごく自然なことでも、伝説のオクストーン人、ファウナマイスターのオマール・ホークをのぞけばこれまでだれも知らなかったことを成功させたのだ。

かれまたは彼女は、自分の胎内で成長させた赤ん坊をハイパーエネルギー・インパルスとして放射し、《カルミナ》の医療深層睡眠タンクに〝預けた〟。それでタンクは自動的に作動したのである。

なぜ《カルミナ》の医療深層睡眠タンクなのかは、よくわからない。ちいさなオクリルの意識にも無意識にも、それについてはなにものこっていなかった。

また震えがきた。だが心のなかではなく、直観的な理解の熱波がからだをつらぬいたのである。

チャトマンの相棒のオクリル、ファイターが彼女を赤ん坊の将来の代理母、パートナーに選んだということがはっきりわかったからだ。

かれらの運命はしっかり結ばれている。

「チャトマンという名にしましょう」と、とっさにいった。「あなたのお母さんのファウナマイスターにちなんでね」〈それともお父さんかな〉とオクリルが雌雄両性か単性か知らない彼女は、頭のなかでおぎなった。

オクリルの赤ん坊がくしゃみした。

と、赤ん坊の意識が急に外部の影響からはなれて閉じこもり、イルナのペド能力も排除された。

ショックだった。だが、オクリルのちいさなからだが痙攣《けいれん》してかたくなったことに彼女は気づいた。その理由もだ。

動物にすぎないとはいえ、チャトマンのからだは健康で、その心もオクリルのなかでもしっかりしているほうだ。だが、赤ん坊は重いハンディキャップをかかえていた。

チャトマンにはトラウマがあった。これがときどき苦しい痙攣を引きおこし、死の淵にまで追いやってしまう。

女アコン人はトラウマの原因がわからなかった。原因が解明されるかどうかもわからない。だがオクリルの赤ん坊の状態を見ると、医療深層睡眠タンクにもどすしか方法はないだろう。

躊躇《ちゅうちょ》はなかった。

「またね、チャトマン!」と、小声でいい、ふたを閉めてタンクを作動させた。

それから彼女は考えを集中した。《カルミナ》の司令室で次の任務が待っている。

3

一一四三年四月十七日。

バス＝テトのイルナが司令室にはいったとき、《カルミナ》はすでにハイパー空間にいた。

だがアトランも、ペリー・ローダンも、ハイパー空間に移行する前に船内にきたヌリア・ガイ・ツァヒディも、友好的なほほえみで迎えてくれた。

アトランは彼女の長い不在は還元トラウマのせいだとわかり、ローダンとサン人ヌリアにも説明してくれていたのだろう。

彼女は感謝と恥ずかしさを同時に感じた。無言で自分の成型シートにすわり、宙航士の任務を再開。

だがそれほど多くの仕事はなかった。すでにアトランは、宇宙船のシントロニクス結合体をプログラミングし、《カルミナ》が超光速飛行で二百の太陽の星の〝下方〟七光年の位置にもぐりこみ、惑星の南西三光年の地点で通常空間に復帰するように設定していた。これならばグラドに偶然探知されても、アンドロメダの方向からきたように見える。

そこで女アコン人はシートに身をまかせ、グラドの歴史をもう一度振りかえった。

グラドの出身惑星は大マゼラン星雲にある。テラナーよりかなり早く超光速宇宙航行をマスターしていた。数千年がたち、その宇宙船は進撃をつづけ、大マゼラン星雲の多くの星系を調査して入植の準備をした。

とうの昔にかれらは大マゼラン星雲を完全に偵察し、物質の橋を通って小マゼラン星雲に進攻し、その文明と植民地の地ならしをしていた。

この拡張段階で好戦的な相手と遭遇しなかったのは、大きな幸運というもの。もちろんほかの種族との接触はあったが、あくまでも友好的な関係だった。決め手になったのは、グラドが平和を好み、バランスがとれ、暴力行為にはしらない知性体だったこと。

この獅子人間は攻撃的ではあるが、それは健全な攻撃性で、持ち前の研究欲を追求し、宇宙の大きな挑戦を受けてたつときに発揮される。

こうしてかれらの技術と人文科学は高度に発展し、グラドはマゼラン星雲を支配する種となった。

だが小マゼラン星雲に住みつき、グラド同様に学問、技術、宇宙航行の分野で成功したバラモは例外だ。バラモはヒューマノイドでも哺乳動物でもなく、昆虫であるにもかかわらず、グラドと驚くほどの類似性があった。

かれらは非常に繊細でおだやかなだけでなく、あくなき研究欲を持ちあわせ、その衝動をみたすことで精一杯だった。寛容な考え方で、グラドとのあいだのやりとりはすべて平和裡《り》に運んでいた。

ウレブがM‐87からマゼラン星雲に侵入しなかったら、天の川銀河のふたつの衛星銀河は天国のようだったにちがいない。

この知性体は、生物学的・遺伝学的操作の連鎖の最後の環で、その原初の物質は、もともとはM‐87の兵士カーストであるスコアルの遺伝型だった。

スコアルから分子生物学の力で培養された〝けだもの〟は、よい兵士になるはずだった。だがかれらはM‐87の主《あるじ》オケフェノケースのためにならなかった。このけだものは攻撃性と悪意の塊りだ、と主たちは評価。だがそれはかれらが主に対して蜂起し、残酷な殺戮をおこなったあとのこと。のちに、アコン人とテラの歴史研究者は、かれらは奴隷や砲弾のえじきとして虐待されたくなくて反乱を起こした、という見解に達している。

イルナも同じ意見だった。

いずれにせよ、戦争は最終的にけだものたちの完全降伏で終結。オケフェノケースのほうがすぐれた学者、技術、造船所と武器製造工場を持っていたからだ。

けだものたちは追いたてられ、絶滅したとみられていた。だが実際には、かれらはオケフェノケースの新しいディメトランス・エンジンを掠奪し、これを装備した船でM‐87を出ていたのだ。

かれらはマゼラン星雲に定住し、やがてふたつの新種、ウレブとハルト人が生まれる。ハルト人は銀河系に移住した。一方のウレブは、M‐87の殺戮攻撃の準備をすすめる。それは長期計画だった。つねに資源惑星と基地を探しているかれらは、遭遇したあらゆる知性体を見境なく打ち負かした。

マゼラン星雲、グラド、バラモにとっての暗い時代がはじまった。かれらは追放され、数が激減し、抑圧され、奴隷として虐待された。

かれらは当初は身を守っていたが、抵抗は長くはつづかなかった。宇宙船がたりなかったためのこしてきた女性や子供を、ウレブが人質にとったからだ。

それからの戦いは星間ゲリラ戦にかぎられ、かれらは非常に勇敢で策略的な自由戦士となった。ウレブの宇宙船はたびたび消息不明となり、〝ハイパー嵐〟が転送機による往来を妨害した。だがマゼラン星雲の覇権をめぐって戦うだけでは不十分だった。とりわけかれらはネオ・ビラチウムを使ってほかの知性体を受け入れる能力があったからだ。

のちにウレブはすべての軍事力を結集し、M‐87の主たちに対する殺戮攻撃をしかけた。しかし、かれらは敗北し、ある情報を持って帰ってきた。オケフェノケースがタイムマシンを開発し、強力な時間操作によって、けだものたちを発生段階で消し去ろうとしているというのだ。ウレブの行動は残酷さを増した。かれらは二次制約者の時間警察をつくり、ハルト人をけしかけてレムール人に対する殲滅《せんめつ》戦争を起こさせ、当時の太陽系帝国に対するクリスタル工作員の攻撃を開始する。

グラド、バラモ、テラナーはこれに対抗する同盟を結び、ある程度の成功をおさめた。だがウレブとの平和協定はかなわなかった。平和という単語は、戦いにとりつかれたウレブの辞書にはないのである。

ついにウレブは二次制約者が乗り組むドランの艦隊を太陽系に送りだした。惑星を荒廃させ、太陽系の人間を絶滅させるはずだったが、ハルト人の船団があらわれて反撃する。

のちにふたつのマゼラン星雲を結ぶ物質の橋で、時間バリアで守られたウレブの中央システムが発見された。テラの司令部隊は、恒星エネミーから時間バリアのためのエネルギーをとりだしていた恒星注入システムの転換ステーションを破壊する。

だがウレブはすべての星系をパラトロン・バリアでおおい、それに対してはテラナーもグラドもバラモもなすすべがなかった。

それでもウレブの終焉は不可避だった。Ｍ‐８７のオケフェノケースがかれらのかくれ場を知り、艦隊と特殊武器を投入してエネミーを爆破し、星系とそこに住むすべてのウレブを殺戮したのである。

それ以来、ウレブを見た者はいない。

だが何百年にもわたり、グラドは暗黒の時代の歴史を語りついだ。グラド種族があらゆる星々に散らされ、迫害され、抑圧された過去のトラウマとともに。

〝予言〟もいつまでも記憶されている。ウレブと呼ばれた古代僭主は死んでおらず、いつかもどってきて、マゼラン星雲の諸種族を不服従のとがで罰し、時空をこえた領域で、また暴力支配をおこない、星雲の自由種族を奴隷にする好機を待っている。そのときがきたらグラドはふたたび下層民となり、追放され、敗北する……という予言である。

そして、恐ろしい予言が実現するときがきたらしい。

古代僭主の従者がもどってきたのだ。

過去のちりから、二次制約者、時間警察、第二震動力の代行者、宇宙の死の使者が復活したらしい。かれらは数千年前に突如としてあらわれ、グラドの星間帝国を破壊しつくし、自分たちも死に急いだ。

かれらは、ふたつの星雲を結ぶ物質の橋の廃墟惑星で生きかえったという。本来、いかなる生命も存在しないはずだったのに。

かれらはドラン船に乗り組み、ふたつの衛星銀河の種族をふたたび恐怖におとしいれた。

グラドは抵抗しなかった。戦争をしないと決めていたからだ。

マゼラン星雲を急襲したのが、震動守護者ではなく十戒の仮面エレメントだったとはだれが予想しただろう。カッツェンカットの命令で、二次制約者の姿をしてクロノフォシル・マゼランを反クロノフォシルに変えた、あのエレメントである。

だが、ペリー・ローダンがかつてマゼランに預けたメンタル物質は、惑星バイカロブのネオ・ホワルゴニウムの五次元震動周波の影響下で、強度がいちじるしく増していた。これが〝マゼランのよき精霊〟となった。よき精霊は、マーゲナンとよばれる仮面エレメントたちが精神を調整されたガイズ＝ヴォールビーラーであると暴《あば》く。

そればかりでない。

よき精霊は、ガイズ＝ヴォールビーラーたちに、かれらは〝エレメントの十戒〟にだまされ、トバの記憶を奪われているのだと教える。そして知性体の考えをあらためさせ、混沌の勢力との関係を断ち、マゼラン種族に許しを請うようはからい、それによってかれらは恐ろしいトラウマから解放された。それまで巨大な影のように二星雲にのしかかっていたトラウマである。

それがNGZ四百二十八年のこと。以降、マゼラン星雲の諸種族は、震動守護者から自分たちを守る監視者を必要としなくなった。

こうしてかれらは、数千年もつづいた暴政とその恐怖から自由になった……

＊

バス＝テトのイルナは深いため息をついた。あの時代の記憶からカッツェンカットを想起し、自分の意識の奥にいまだにサーレンゴルトとカッツェンカットの姉の存在を感じたからだ。

だが一方で、グラドが宇宙カタストロフィ後の六百九十五年間でどれほど発展したのか、古いトラウマがまたぶり返しはしないか、現在のグラドがノイローゼ患者のようになってはいまいか、という思いがあった。

横目で見ると、アトランが心配そうにこっちを見ている。

とっさに左手をかれの右手に重ねていった。

「わたしのことは心配しないで。よくなっているから。ただ、グラドのことが気にかかって。これまでの歴史を思いかえしていたものだから」

アトランはほっとして息をついた。

「よくなってうれしい」と、打ちあけた。「震動守護者の帰還で、グラドのトラウマがもどってくることを恐れているのか？」

「宇宙カタストロフィ後、恐ろしい出来ごとが起こったんじゃないかと」と、女アコン人。

「どれほどグラドが関係しているかは、わからない。でもグラドと接触する前に、かれらの悪夢がぶり返している可能性も念頭においておかないと」

「そうだな」アトランが同意した。

イルナとアトランの視線を感じ、ペリー・ローダンがうなずいた。

「あらゆる可能性を考えておかないと」と、かれもいった。

「そのトラウマの話は聞いたことがあります」と、ヌリア。「グラドがまたトラウマをかかえているなら、問題です」と、眉をしかめた。「でもかつて故郷銀河を破壊してホラー銀河にしたのはウレブでしょう。かれらはどこかのかくれ場で生きのこり、子孫を増やし、軍事施設を建設しているのでは？」

「ウレブは生物学的には不死だが、不妊だった」アトランが反論。「かれらの創造者が、ゆえあって遺伝子コードをそう設定したんだ」

「高度に発達した分子生物学は、すべての遺伝子コードを操作できるのでは」イルナが心配そうにいった。

「おい！」と、アトラン。「縁起でもないことをいうんじゃない！　頭がどうかなってしまいそうだ」

「そうね」イルナは笑って答え、操作をするために手を引っこめた。「三十秒後に通常空間に復帰し、ハイパー走査機も使って二百の太陽の星を探知。最初はそっと探りをいれ、それからポスビ世界へ数光分の距離までいっきに詰めます」

そういったとたん、《カルミナ》は通常空間にもどった。ななめ前方に、二百の太陽の星が明るい光点になって見える。

アトランは宇宙船の航路を修正し、船首を正確に目標方向に向けた。イルナはハイパー探知を起動して最大出力に。こうすれば、二百の太陽の星と三つの宇宙ステーションにいるグラドが、未知の探知インパルスを記録し、三光年はなれたところに出現した宇宙船がなにもかくしていないことを確認したかどうかわかる。

探知結果は、予想されたとおり、探知ゾンデが幽霊船団にもたらした結果と同じだった。

一分後、《カルミナ》はふたたびスタートし、ハイパー空間への助走段階をへて数分後に四次元時空連続体にもどった。

こんどはポスビ世界が非常に近く、その二百の太陽の星は、全周スクリーンのヴィデオでセクター拡大なしでもひとつひとつ見えた。

高カラットのダイヤモンドでできた球殻のようだ。海と大陸と白い雲がある、地球によく似たブルーの惑星は、すべての方向から均等に照らされていた……

＊

《カルミナ》は減速し、恒星の球殻から二・五光分の距離で待機した。

長く待つ必要はなかった。

十一秒後にシントロニクス結合体がいった。

「未知シントロニクスがコンタクトしてきました。宇宙船と乗員の身元確認をもとめ、なぜ接近したのか答えるようにと」

「宇宙船は《カルミナ》という名だと答えるんだ」アルコン人が命じた。「わたしはアルコン人のゴノツァル。複合植民地の最少人数の乗員をともない、アンドロメダからきた。重要な任務をおび、マゼラン星雲に向かうところで、二百の太陽の星がその途中にあったので接近したのだと」

シントロニクスは指示にしたがった。制御装置がそれをしめしている。

「危険な賭けですね」ヌリアがずばりといった。「グラドは、あなたが〝おまえたちはだれだ〟って質問しなかったから、いぶかしんでいるんじゃないでしょうか」

アトランは肩をすくめた。

「もちろん、危険なゲームだ」と、率直に認めた。「だがあれこれ質問すると、口が滑るからね。われわれは現在の状況がほとんどわかっていないから、質問でしくじるわけにいかないんだ」

まだなにかいおうとしたが、シントロニクスの音声がした。

「身元確認を伝達。宇宙ステーション、トアボルシャーIがインターコスモで呼びかけてきて、司令官とハイパーカム・コンタクトを要求しています」

「コンタクトせよ!」と、アルコン人は命じ、グラドのハイパーカムのスクリーンにできるだけ格好よくうつるポーズをとった。

次の瞬間、かれのハイパーカム接続部のスクリーンが明るくなった。

グラドの三次元カラー映像だ。

獅子人間は、筋肉質で堂々たる体軀《たいく》、明るい色のたてがみをうしろになでつけ、肉食獣の顔をしかめている。死をも恐れず、ゲリラ兵として震動守護者と戦ったかれらの祖先もこうだったのだろう。

黄色い目が残忍な光を放つ。すくなくともレムールの末裔《まつえい》にはそう見えた。朗々たる声がインターコスモでいった。

「わたしの名はゴラシュ。ここの最高司令官で、宇宙ステーション〝トアボルシャーI〟にいる」アルコン人を射ぬくような目力の持ち主だ。「おまえはゴノツァルで、アンドロメダのアルコン人植民地からきて、マゼラン星雲に向かっている途中だと?」

アトランはかすかに肩を揺らしていった。

「そうです。ただ、植民地はアルコン人のものですが、ほかの種族も混じっています。そちらの宇宙ステーションに着陸し、お目にかかれないかと」

グラドはテラのトラのような声でうなり、それからいった。

「わたしがアルコン人に会うなど、驚きでしかない。おまえだって、グラドに会うのは不思議だと思わないのか、ゴノツァル？」

「わたしはどんなことにも驚きません」と、アトランは応じた。「あくまでも友好的にことをすすめたいと思っていますし、あなたにもそうしていただきたい、ゴラシュ。敵対する必要などありません！」

「そうだな、アルコン人！」グラドも同意して、「トアボルシャーIに着陸し、立ち入ることを許可する。ただし乗員全員でこい。最少人数といったが、それはだれだ？」

「テフローダーのペリダン」とっさにアルコン人はいった。「女テフローダーのヌリア、女アルコン人のイルナ」

「全員がきみの同行者だと？」と、ゴラシュ。

「はい」と、アトラン。

「よかろう」グラドがいった。「大型宇宙船が停泊している宇宙ステーションからわたしが通話しているのはわかっているな？」

「そちらのハイパーカムの方位は測定しました」と、アトラン。

「わかった」と、ゴラシュ。「では着陸するがいい。だが、保守リングの内側ではなく、方位測定標識が出ている外縁にだ。質問はあるか？」

「いいえ」と、アルコン人。「友好的に着陸と立ち入りの許可をいただき、感謝します」

「以上！」と、ゴラシュがいって、通信が切れた。

「これは危険な賭けね。どきどきしてきたわ」ヌリア・ガイ・ツァヒディはあっけらかんとしている。「〝友好的〟といって、探りをいれたのですね、アトラン。でも獅子人間は反応しなかったどころか、急に通信を切った。なんだかいやな予感がします」

「引きかえしたほうがいいと？」ローダンがたずねた。

「わたしが能なしだとでも思っているのですか？」サン人は堂々としている。「わたしたちは情報を集めなければなりません。二百の太陽の星のグラドの情報も。だから、行くしかない。目をしっかりあけて危険に飛びこみます」

「わたしたち全員がリスクを承知で行くということね、ヌリア」と、イルナ。「いつまでも話していたって意味がない。その場の状況に応じて、行動するのみ」

　アトランは彼女にうなずいた。

「そのとおりだ！　行くぞ！」

かれは《カルミナ》を加速させ、宇宙ステーション〝トアボルシャーI〟をめざした……

＊

《カルミナ》が直径九百メートルの保守リングの外縁に接近すると、宇宙船はリングもろとも明るいブルーの防御バリアにおおわれた。

「なんとまあ！」ペリー・ローダンが口ばしった。「われわれは袋のネズミか！」

「防御バリア内部は温度調整された酸素大気圏よ」外側センサーの表示を読んで、イルナがいった。「セランを閉めないでこのまま船を出ても大丈夫」

アトランはうなずき、自分の多目的アームバンドを見た。

「宇宙船を出たら、シントロニクスにロックの命令を出す」と、アトラン。「ロックは高度のコードを使わないと解除できない。だがアームバンド装置は持って出る必要がある。グラドの連中にすれば、かれらのシントロニクスを使ってこいつからコードを解読するのはかんたんだろうな」

「先方に敵意があると考えているんですね」と、ローダン。それは疑いない。「じゃあ、パスワードを決めてロックの安全性を高めたらいいのでは。それならだれもあなたの装置から情報を引きだせませんよ」

「でも、パスワードはアトランから引きだせる」と、バス＝テトのイルナ。「わたしなら、ゼロ夢を使って船内シントロニクスに伝えられるパスワードでロックするわ。グラドにはそれができないから」

「たしかに」と、アトラン。「でもそうしたらきみは《カルミナ》から一キロメートルの距離に近づかなくてはならない。ブガクリスのドラゴンとの戦いで、流れ弾にあたってプシトロン増幅器が破壊されたのは、本当に残念だ!」

女アルコン人は唇をかんだ。

愛する男性に嘘をつくのは性分に合わない。もっとだいじな義務があってしかたなくついた嘘であっても、思った以上に心の負担になる。

「グラドがわたしたちをつかまえようとしたら、なすすべがないかも」と、いって、ヌリアは伝説の狩人ニムロドが使ったとされる六連射式のクロスボウを点検している。

「夜の野原を照らす月よりも、賢き者はなし」彼女は謎めいた言葉を口にした。「たとえ猟師が猟師に出くわし、獲物を奪いとろうとも、ことの顚末《てんまつ》はわからぬもの」

「〝古きアフリカの知恵〟の一節かな」ローダンがからかった。

「〝古きアフリカ女性の知恵〟です!」と、訂正して、彼女はにやりとした。「わたしの同行者が、ヘビのように賢く、ヒョウのように俊足であるように祈るばかり」彼女はクロスボウのベルトを肩にかけ、矢筒の位置をととのえてから、司令室の装甲ハッチに向かった。

「行きましょう、サン人」と、女アコン人がいって立ちあがった。「船内シントロニクスにわたしのパスワードを設定したから、もう出られるわ。わたしの意志に反してこの宇宙船にはいれる者はひとりもいない」彼女の瞳にぞっとするような光が宿った。

アトランも成型シートから立ちあがった。

隣りの保守リングの洋梨型宇宙船で、さまざまな構造のロボットが群れているのを一《いち》瞥《べつ》し、アトランも同行者につづいて、すでに開いている装甲ハッチへ向かった。四名は反重力リフトで降り、船底エアロックを出て宇宙船をあとにし、保守リングの上縁でかれらを招くように明るく照らされた開口部にはいった。

重力ゼロに補整されたエアロック室がある。足を踏み入れる前に、イルナは振りかえって《カルミナ》を見た。

ちょうど船底エアロックが閉まり、かつてのネット船のフラミンゴ色の外被がかすかな光におおわれている。輪郭モードに切りかわったパラトロン防御バリアだ。同時に宇宙船全体と周辺を破壊するような威力をもってしか、このバリアには打ち勝てない。可能性として考えられる侵入者に対する、ほぼ完全な防護策だ。

イルナはエアロック室にはいる前に、ふとナート人のタヴールとオクリルの赤ん坊、チャトマンのことを考えた。

数秒後、外側ハッチが同行者と彼女の〝上方〟で閉じた。次に側壁にある内側ハッチが開く。

重武装し、赤い戦闘コンビネーション姿のグラド八名がエアロック室に駆けこんできて、《カルミナ》の男女乗員をかこんだ。

「どういうことかな？」と、アトランが憤慨していった。「われわれは客人だが」

「おまえたちは捕虜だ」グラドのひとりが答えた。「ゴラシュ総司令官の命令だ」

捕虜たちが監視人から得られた情報はそれだけ。かれらは鋼の装甲壁にかこまれたからっぽの監房に閉じこめられ、重い装甲ハッチが背後で閉まった。

4

一一四三年四月十九日。

「二日間！」ペリー・ローダンが苦々しげにいった。「もう二日もこの監房にいて、なぜ幽閉され、いつまでこうなのか、だれも説明しない」

「まあ、ちょくちょく水と凝縮口糧は持ってきてくれますけどね」と、ヌリア。「隣りにある衛生室も使えます。あとは忍耐するのみ」

「ゴラシュはわれわれと心理ゲームをしているのさ」と、アトラン。「われわれの気力をくじこうとしているんだろう。だが、なぜだ。敵としてあつかわれるような理由があるのか」

「ちょっとしくじったのかもね」と、バス＝テトのイルナはいって、ゆっくり監房を行ったりきたりした。だれかが聞いている心配はない。最初の日に徹底的に調べて、房内にマイクロフォンもミニ・スパイもないと確認してある。「真実をそのままいうべきだったかもしれないわ」

アトランは肩をすくめ、なにもいわなかった。だが心のなかでは彼女が正しいと認めていた。グラドは真実を信じないかもしれないが、嘘をつくと矛盾が生じてしまう。

「わたしのクロスボウを置いていってくれたらよかったのに!」サン人はちいさなこぶしを握った。「そうじゃなきゃ、核燃焼弾つきの鏃《やじり》を。そうしたらハッチを焼ききれたわ!」

「きみは自分の捕虜に武器やら道具やらを持たせるかい? それで逃げてしまうかもしれないのに」ローダンはそういいながら、ヌリアは彼女の父親と同じような熱血タイプだと思っていた。彼女の父親とはNGZ四二五年にケスドシャン・ドームに飛行したことがあるのだ。

ほほえんでいたかれが真顔になった。六百九十五年の停滞があったから、あれは七百十八年も前のことだ。とするとヌリアの父はもう何百年も前に亡《な》くなっているだろう。宇宙カタストロフィの前に生きていた数十億の人類と同じように。

憂鬱な気分でかれは壁によりかかった。

しばらくすると手になにかあたたかいものが触れた。見てみると、サン人が額をかれの手にのせているではないか。

自分に向けられた視線に気づいたのだろう。彼女は顔をあげてかれの目を見た。彼女の目を通して魂の深淵が見える。ヌリアの魂ではなく、おびただしい数の彼女の祖先の魂だ。やってきて、不平もいわずにまた去っていった祖先たち。あまねく存在する自然のふところに抱かれていれば、死は恐るるにたらずと知っているからだ。

おずおずとした微笑がヌリアの顔を輝かせ、それから彼女は歌いはじめた。

歌詞の言語はわからない。おそらくサン人の祖先の言葉だろう。だがかれには歌の意味がわかった。

歌が終わると、かれは彼女の縮れ毛をなでながらいった。

「ありがとう、ヌリア！　おかげで元気になった」

かすかな音をたてて通廊へのハッチが開いたとき、かれはびくりとした。

赤いコンビネーションを着た武装グラドの一団が、外に立っている。

「ついてこい！」ひとりがインターコスモで命令し、コンビ銃を振って合図した。

ローダンははじかれたように立ち、背筋を伸ばして同行者とともに監房を出た。

通廊の搬送ベルトと反重力シャフトで十分間ほど移動すると、目の前の大きなハッチが開いた。その先は、壁に三次元ヴィデオ・スクリーン、うしろに大きな成型シートがある部屋。そこにすわっていたのは、ギャラクティカーたちがすでに《カルミナ》のハイパーカム・スクリーンで見た例のグラドだ。赤いコンビネーションをまとい、銀色のベルトと銀色の肩章。あのときのように肉食獣のような顔をしかめている。

左右には、がっしりしたヒューマノイド型ロボットが一体ずつ立ち、武器アームで威《い》嚇《かく》していた。

「はいれ！」と、ゴラシュ。「話がある！」

「ずいぶん時間がかかりましたな」と、アトランは応じたが、グラドの命令に服従した。一同もかれにつづき、グラドの最高司令官の手前五メートルあたりに立った。見張りたちを外にのこし、ハッチが閉まる。戦闘ロボット二体がいれば充分なのだろう。

ゴラシュは黄色い〝猫目〟をあざけるように動かし、アトランを見ていった。

「きみがアルコン人だな、ゴノツァル」

「すでに申しました」アトランは冷淡にいった。だが横柄な感じではない。

「アンドロメダ銀河からきたと？」ゴラシュが問いただす。

アトランは黙った。グラドは罠にかけようとしているらしい。

ゴラシュの目に敬意のようなものがかすかにうかんだ。

「きみが嘘をくりかえさなかったのはよかった。われわれグラドはアンドロメダのマークスと恒久的な友好関係にある。アンドロメダにアルコン人の植民地があるのなら、かれらは報告してくれるはず」

かれは声を張ってつづけた。

「おそらく天の川銀河にはアルコン人がまだいる。すくなくとも、かつての大帝国の中心だった球状星団M‐１３にはね。だが、かれらはほかの銀河種族の生きのこりと同じように、呪われた者たちの銀河の捕虜になっている。天の川銀河の封鎖領域の外には、アルコン人はいない。もしいるなら、われわれはとうに知っているはず。グラドの宇宙船はひろく展開しているからな」

「あなたたちもぜんぶ知っているわけじゃないでしょう」と、アトラン。

「それはそうだ」と、いってから、ゴラシュは突然ハンゴル語に切りかえた。「だがきみたちがハウリ人だということは知っている」

アトランの同行者たちは無表情だったが、かれは眉をつりあげ、インターコスモでたずねた。

「さっきわたしに話しかけたのは、なんという言語なんですか、ゴラシュ？」

「きみたちの種族の言葉さ」と、グラドは答え、執拗にハンゴル語でつづけた。「ちょっとハンゴル語で話してみてくれないか。きみたちハウリ人は本当に手に負えない。遠い昔に銀河間戦争を引きおこし、血なまぐさい報いをうけても、まだたりなかったのか？　またスパイ活動をして、かんたんに襲撃できる惑星を探しているのか？」

「信じてもらえるかどうかわかりませんが、ひとことも理解できません」ペリー・ローダンが割ってはいった。「たとえわかっても、お答えできないでしょう」と、しょげた顔になって、「正直に申しますが、局部銀河群でこの千年間になにが起きたのか、いまはどうなっているのか、わからないんです。アンドロメダの方向のアルコン人植民地からきましたが、この植民地は大きな世代船で、保守リングに駐機している《カルミナ》はその一搭載船です」

ゴラシュがはじめて考えこむようすを見せた。

わずかになごんだ表情で、かれはインターコスモでいった。

「そうかもしれん、ペリダン。だがそれを証明できるか？　その搭載船のロックを解いて、なかを見られるようにしてくれ。そうすればきみたちを信頼できるかも」

「だめです！」イルナが憤激していった。「異人は立ち入れません！　客人はべつですが」

なんとか怒りをおさめてから、彼女はペド能力を使った。ゴラシュにはいりこむつもりはなかった。彼女はペドトランスファーのさいに、カピンのように溶けてしまうことはないが、放心状態になって動けなくなってしまう。探りたかったのはグラドのÜBSEF定数のみ。のちのちかれにはいりこむこともあるだろうから。

だがそれもできないとわかり、彼女はショックを受けた。六次元ペド能力がすぐに拡散してしまって、ゴラシュは、タルカン宇宙やコスモクラートの存在平面と同じように到達不可能だった。

すんでのところでバランスを失うところだった。数秒間、現実とのつながりが切れたからだ。アトランがすぐに気づいて、彼女のななめうしろに立ち、万一の場合の支えとなった。

「われわれをひどく疑っておられるようですが」イルナから注意をそらすため、アルコン人がわざと挑発的にいった。「でしたら、われわれも不信感をいだかざるをえません。ペリダンがいったように、われわれは世代船からきました。大宇宙で生まれ、局部銀河群でなにが起きているのか知りません。ただ、記録を比較してみると、以前とは状況が変わっているのは明白。二百の太陽の星にはポスビが住んでいたはずです。かれらはどこに？　中央プラズマ、あのポスビのハイパーインポトロニクスのすばらしいコンポーネントはどこに？」

グラドの肉食獣の目が、怒りで燃えあがっている。握った右のこぶしを前に突きだし、戦闘ロボットに、捕虜たちを徹底的にやっつけるよう命令しそうなそぶりだ。

だが最後の瞬間に考えが変わったとみえ、こぶしをおろしてあきらめ顔になった。

「困ったもんだ！」と、ゴラシュ。

「なにがです？」と、ヌリア。「天の川銀河のことですか？　なぜ呪われた者たちの銀河とか、封鎖領域とか呼ぶんですか？」

ゴラシュは力なく否定のしぐさをした。

「だれも出入りできないし、悪い噂がひろまっているからだよ」

それからかれはふたたび背筋を伸ばし、きっぱりとした表情でいった。

「きみたちがいったことは、正しいかもしれないし、そうでないかもしれない。ハウリ人のスパイも同じことをいうだろう。だから情報は提供しない。ハウリ人にはさんざんひどい目にあったから」

「わたしたち、ハウリ人じゃありません！」と、ヌリアが抗議。

「証明がなければ、信じない」と、グラド。「きみたちを次の便で大マゼラン星雲にあるわれわれの艦隊基地に送る。そこではじめてきみらの本性が明らかになるだろう」

＊

悪い予感がして、バス＝テトのイルナのからだに氷のような冷たさがはしった。自分たちが大マゼラン星雲に追放されたあと、グラドが《カルミナ》に侵入するのではないだろうか。

そうすれば彼女の忠臣とオクリルの赤ん坊が見つかってしまう。

ゴラシュは残虐で血に飢えている男とは思えない。きびしいところはあるが、正義感は強そうだ。

だがかれは知性を持つ種のつねで、好奇心も強い。知識を希求してやまない生命体には、宇宙の謎と秘密を解こうとするチャレンジ精神がプログラミングされているのだ。

かれはナート人とオクリルの赤ん坊を覚醒させるだろう。手荒なまねはしないだろうが。

だがナート人のさすらいの騎士の名誉法典について、かれがなにを知っているというのか！

ゴラシュは知らずにタヴールの名誉を傷つけ、かれは自殺するしかおのれの名誉を救えなくなってしまう。

覚醒のタイミングをあやまり、それで死にいたらしめたらどうする。

オクリルの赤ん坊にもそれよりましな運命が待っているとは思えない。

グラドはペドトランスファー能力がなく、ゼロ夢見者でもテレパスでもないので、チャトマンのハンディキャップがわからない。わかるのが遅すぎたら、オクリルははげしく苦しんで痙攣し、永遠に忘れさられる。

無力なふたつの生命体に配慮する義務をはたせず、恐ろしい運命から救ってあげられないとしたら、彼女も同罪だ。

精神的にぎりぎりの状況で、女アコン人は自分に決定権がないことを忘れていた。指揮命令系統の頂点に立つのはペリー・ローダンで、その次がアトラン、レジナルド・ブル、そしてジュリアン・ティフラーだ。

だがそれがわかっていたとしても、彼女は自分の良心が命じるように行動するしかなかっただろう。

彼女は一歩前に出て、ゴラシュの視線をとらえた。かれに催眠術をかけるように。

「わたしたちをどこにも移送しないでください！」と、彼女。「わたしたちだって、ばかじゃない！　母船の船長とは期限を決めてあります。この期限内に《カルミナ》が帰還しないと、母船も黙っちゃいない。あなたたちが譲歩しないのなら、すべての宇宙ステーションと、二百の太陽の星が痛い目にあうでしょう」

うしろでだれかが深呼吸している。たぶんペリー・ローダンだ。彼女の向こう見ずな行動に腹をたてているのだろう。だが、グラドを有利な立場にたたせたくないから、彼女を叱りつけられないのだ。

ゴラシュは当惑したようだが、それから表情をかたくした。

「わたしは脅しには屈しない！」と、とどろく声で。「きみたちの母船なるものがあるとして、それが攻撃してきたら、われわれも受けてたつ。戦闘は勝つか死ぬかだ。だが、われわれの名誉は絶対に失うわけにはいかない。それ以外の選択肢はない」

「その昔」と、ペリー・ローダンがちいさな声で訴えかけた。「あなたたちは暴力を放棄しました。あなたたちだけではない。すべてのマゼラン種族が、もう武力の行使をしないと決めましたね」

ゴラシュのまなざしが曇った。

「古代僭主がマゼラン種族を支配したときのトラウマが、そうさせたのだ」言葉がとぎれがちだ。「暴政が終わってから、われわれグラドも、パーリアンも、〝将軍〟も、暴力がつくづくいやになったのさ。だがこのトラウマをグラドはとうに乗りこえている。もうだれも恐れはしない。われわれに暴力をふるう者に対しては、ひるまずに暴力を行使する」

「最初に暴力にうったえたのは、わたしたちじゃないでしょう！」イルナが反論した。「あなたたちの客人だったはずなのに、捕らえられたのはこっちのほうです」

「嘘をついたからだ」と、グラド。

「わたしがいったとおり！」と、ヌリア・ガイ・ツァヒディがいった。「危険な賭けだったのよ！」

「たしかに危険なゲームだったな」と、アトランは自嘲気味に応じて、それからゴラシュのほうを向いた。「聞いてもらえますか、獅子人間。よくよく聞いてください！　われわれは戦うためにきたのではありません。好意を持っているのです。それは昔もいまも変わりません。たとえ真実を伏せていてもね。真実を話さないのは、だれも信じてくれないだろうから」かれは乾いた笑いをうかべた。「どうやったら信じてもらえるのか！　あなたの立場だったら、わたしも信じません。われわれはギャラクティカムの船団の一員で、宇宙カタストロフィのあいだ、六百九十五年も停滞フィールドにつかまり、今年になってようやく抜けだしました。事実上、この期間は未来に押し流されていたということ」

　ゴラシュは注意深く聞き、腕を組んで顔をしかめた。

「ハウリ人、きみがいったようにわたしの立場なら信じない。きみの空想はグロテスクだ」

　突然、かれは思案顔になった。

「ギャラクティカムの船団だと？　宇宙船はぜんぶで何隻だ？」

「《カルミナ》もふくめ、十四隻です」と、アルコン人が答えた。「あなたたちのいいつたえには、いわゆるタルカン宇宙への遠征隊の話もあるはず」

「そんなものはない」と、ゴラシュ。「いまある宇宙船の数が問題だ。見たところ《カルミナ》一隻だけのようだが」

「それはちがいます、ゴラシュ」ペリー・ローダンが慎重に口をはさんだ。「《カルミナ》のほかに、十一隻がここにきています。警戒されないように待機していますが。船団の指揮官は忍耐強い男です。でもわれわれから連絡がなければ、そのうちがまんできなくなる。なにが起きたか、調べにくるでしょう。もしもあなたがわれわれをマゼラン星雲に追放したとわかれば、かれは黙ってはいません。ブリーという男ですがね。かれと交信し、われわれが一定の時期に船団にもどると伝えたほうがあなたのため」

「きみもわたしを脅すのか、ペリダン？」グラドがたずねた。「きみはそうでないと思っていたが」

「かれのことは、どんなに高く評価してもしきれないわ！」ヌリアが目をぎらぎらさせて、ローダンをさししめした。「昔、マゼランのよき精霊が、あなたたちグラドと星雲のほかの種族をエレメントの十戒から救った。そのよき精霊ってだれだかご存じ？　ここにいるテラナーですよ！」

　ゴラシュは彼女とローダンを交互に見て、ため息をついた。

「申しわけないが、きみたちがくるまで、マゼランのよき精霊の話もペリダンの話も聞いたことがない」かれの声が大きくなった。「きみたちは自分の嘘で身動きがとれなくなっているハウリ人のスパイだ、という見立ては変わらない。だが、きみたちの船団が本当にいるのなら、ハイパーカムで交信することを許可する。ただし、条件がある」

「なんです？」と、ローダン。

「もしきみたちと宇宙船を解放したら、二百の太陽の星の宙域をただちに出ると約束してほしい」

「われわれのことをなにも知りたくないのなら、こちらも押しつけがましいまねはしませんよ」と、アトラン。「じゃあ、こうしましょう。ゴラシュ殿がわれわれと宇宙船を解放してくださったら、われわれは平和裡に撤退すると約束します」

ペリー・ローダンはアトランの発言には裏があると理解した。かれはアルコン人のことを一卵性双生児のようによく知っているのだ。

「友の提案に完全に同意します」と、かれはグラドにいった。

こうしてグラドの条件は巧妙にねじ曲げられた。

〝平和裡に〟撤退するとはいったが、〝ただちに〟とは約束していない。ローダンはアトランに感謝した。かれもまた、ポスビと中央プラズマがどうなったかぜひとも知りたかったからだ……

5

一一四三年四月二十日。

グラドの宇宙ステーションに探知アラームが鳴りひびいた。

ギャラクティカー四名はゴラシュとトアボルシャーIの主司令室にいて、大きな探知スクリーンを見ていた。シントロニクスがハイパー走査機でとらえた宇宙船十隻がうつしだされている。数秒前、二百の太陽の球殻の手前わずか五光分の位置で通常空間にあらわれたのだ。

十隻か！　と、ペリー・ローダンは考えた。《ツナミ＝コルドバ》はまだか！

次の瞬間、かれとその仲間、司令室にいたグラド全員がすくみあがった。衝突警報装置がけたたましい音をたてたからだ。探知装置にまだ表示が出ていないのに、ステーションから数百キロメートルの地点に、球形の影が突如としてあらわれた。

《ツナミ＝コルドバ》！　ローダンは心のなかで快哉《かいさい》を叫んだ。大型ツナミ艦と乗員が、したたかな男ラトバー・トスタンとともにマークスの大宇宙駅での任務を終えて、無事にもどってきてほっとしたのだ。

艦長がラトバー・トスタンだということは、すぐにわかった。《ツナミ＝コルドバ》が、八門のトランスフォーム砲門から派手に礼砲を放ったからである。トランスフォーム爆弾は、この世の終わりのような気分をかもした。

詩的に表現すれば、ツナミ艦が甲冑《かっちゅう》をつけたこぶしをかかげた、といったところか。

トスタンは、この戦艦にどれほどの殺戮力があるかを誇示するだけにとどめた。トランスフォーム爆弾は、二百の太陽の星や宇宙ステーションの近くではなく、トアボルシャーIの〝上方〟六光分、二百の太陽の星上空にある、人工太陽の近傍で爆発。

たちまち膨張した火の球は、ハイパー探知のスクリーンでだけ識別できた。六光分で消えるので、通常の光速探知では捕捉できないのである。

ラトバー・トスタンは次をしかけてきた。

最後のトランスフォーム砲による太陽がのぼってから数秒後、グラドの宇宙ステーションのハイパーカムにあらわれたのである。

スクリーンに、セラン姿で成型シートにすわる大きな男が見えた。顔は、かつてテラの極地研究家がつけていたような黒いスノーマスクでかくれている。

ローダンは思わずうなずいた。

トスタンはまさに正しく行動した。もしも銀河ギャンブラーの〝ミイラの顔〟を見たら、ハウリ人のスパイではないというかれらの主張を、グラドは信じてくれないだろう。

　トスタンのぞっとする笑いがかくれたのもよかった。マスクのスリットの奥で光る目を見て、このもとUSOスペシャリストがおもしろがっているとわかる者はそうはいない。

「おーい！」ハイパーカムのスピーカーからインターコスモの声が響く。「礼砲は獅子人間に気に入っていただけましたかな。こちら《ツナミ＝コルドバ》艦長のラトバー・トスタン！　二百の太陽の星セクターの最高司令官はゴラシュという名だと聞きました。もし許されるのなら、かれとすこし話したいのですが」

　ペリー・ローダンはにやにやした。ゴラシュが困惑顔で振りかえってかれを見たからだ。だが、グラドがなにを考えていようとどうでもよかった。トスタンが《ツナミ＝コルドバ》であらわれ、グラドにその力を見せつけたのだから、あとはどうでもよい。

「話そうじゃありませんか！」と、トスタンはゴラシュに再度要求し、《ツナミ＝コルドバ》が航行を終えたことをしめしている探知スクリーンを指さした。

　グラドはなんとか気をとりなおした。

「わたしがゴラシュだ！」と、くぐもった声で応じる。「デモンストレーションは悪くなかった。だがきみがまだ生きているのは、わたしが挑発にのらず、攻撃の許可を出さなかったからだ」

「それは根拠が乏しいんじゃないですか、獅子頭！」ギャンブラーが応じた。「そっちの武器を総動員して、わたしの戦艦に連続射撃したらいかがかな。あらかじめいっておきますが、《ツナミ＝コルドバ》は五段階のパラトロン・バリアで守られていて、もっとも負荷がかかる舷側はボウル型捕捉バリアで強化できる。そういうことです、ゴラシュ！　あなたがわたしの船を傷つけられるかどうか、賭けましょう。わたしは、できないに賭けます。負けたらわたしの船をさしあげます。あなたが負けたら、すてきな宇宙ステーションをいただくとしますか」

「わたしの船だって？」ローダンが怒っていった。「USOの特殊コルヴェットをだめにしたぐらいじゃ、たりんのか！　こんどは、船団最大の宇宙船を巻きこむつもりか！」

「かれは負けるはずないさ」と、アトランはおもしろがっている。「グラドの火砲の威力をインジケーターで調べたんだが、このステーションの武器は《ツナミ＝コルドバ》の外側パラトロン・バリアを震動させることすらできない」

「すべて聞いたぞ」ゴラシュが怒りに震える声でいった。「このラトバー・トスタンはわたしを挑発するつもりか。だがそうはいかん」

かれはローダンのほうを向いた。

「きみたちを解放する！　宇宙船にもどりたまえ。われわれがとりきめた協定を守るように！」

「そうします」と、ローダンはいい、ハイパーカム・スクリーンの銀河ギャンブラーをじっと見た。「きみももどるんだ、ラトバー。ブリーに、船団は待機ポジションにとどまるように伝えてくれ」

「よろこんで！」と、トスタン。「あなたの言葉をただ聞いているんじゃなく、ちゃんと理解していますよ。それと、ミッドウェイ・ステーションは破壊されていました。ルックアウト・ステーションは無事です。あと、われらが〝メタンズ〟は獅子頭と昵懇《じっこん》ですぞ」

「最後の件は知っている」と、テラナー。

「知ったかぶりを！」トスタンがぶっきらぼうにいった。「でもひとつだけ知らないことがありますよ。われわれは、ルックアウトでだれかさんの戦闘服を見つけました。あなたをいつも〝ぼくのおちびさん〟って呼んでいる男の。中身はからっぽでしたけどね」

「もう終わりだ！」ゴラシュが割りこんだ。「符牒で情報交換するんじゃない。ハイパーカムを切れ！」と、部下に命じた。

　ハイパーカム・スクリーンが暗くなった。

　ハイパー探知スクリーンには、《ツナミ＝コルドバ》がたちまち加速するようすがうつっている。

ローダンとアトランは目くばせした。テラナーをときどき〝ぼくのおちびさん〟と呼ぶ生物は、この大宇宙でたったひとりしかいない。

イホ・トロトだ！

だが、トスタンはなぜルックアウト・ステーションでハルト人のからっぽの戦闘服を見つけたのか、それは謎だ。解明しなければならない。

ギャラクティカー四名は、《ツナミ＝コルドバ》がハイパー空間のメタグラヴ・ヴォーテックスを通って消えるまで待った。ゴラシュは《ツナミ＝コルドバ》がありきたりのかたちで去ったことに失望したようすだった。かれは、宇宙船が宇宙ステーションの直近に突然姿をあらわしたことから、未知の技術の存在を確信していたのである。

ローダンらは、つかまったときにとりあげられた武器と装備品を返され、《カルミナ》にもどることを許された。

《カルミナ》のシントロニクスにパスワードを伝えるため、数秒間ほどゼロ夢にはいったバス＝テトのイルナを、アトランとヌリア・ガイ・ツァヒディが支えている。シントロニクスは船底エアロックをあけ、パラトロン・バリアの構造亀裂を切りかえた。

イルナはいつでも宇宙船をロックする準備をしていたが、グラドはギャラクティカーといっしょに船内に侵入したりはしなかった。

五分後、《カルミナ》はトアボルシャーIをスタートし、すでに《ツナミ＝コルドバ》も合流している船団にもどるべく、針路をとった。

その後、すべては計画どおりに実行された。

十一隻は待機ポジションにいて、数千年前から〝エレクトロン戦術〟と呼ばれている作戦を展開していた。宇宙カタストロフィ前にほとんど完成していた技術である。

《シマロン》は数光秒の距離に《カルミナ》の探知用にせ映像を投影するヴァーチャル・ビルダー機能をそなえている。グラドの探知を持続的に攪乱《かくらん》する《ツナミ＝コルドバ》のエレクトロン武器はなかなかのものだ。

アトランの宇宙船《カルミナ》は、中央プラズマのドームから百キロメートルの距離でポスビ惑星に着陸。宇宙船墓地のまんなかだ。何百隻ものスクラップされたフラグメント船がびっしりとならび、《カルミナ》のエネルギー反応炉が停止したあとは、完全な対探知の楯になってくれた……

＊

高さ二千メートルの巨大なさいころ状物体の数々は、《カルミナ》から降りたギャラクティカー四名には、トラウマの産物のように見えた。

最悪なのは、それらがスクラップの山だということ。外壁は核切断機でとりはずされ、ポスビ船の特徴である武器タワー、プラットフォーム、ドームといった出っ張りは、もぎとられているか、砕かれている。外被の巨大な穴から、フラグメント船の内側も解体されているのが見てとれた。

「なぜだ？」と、ペリー・ローダン。

アルコン人はセランの探知システムで測定し、ピコンピュータがヘルメットの内部スクリーンに投影したデータをじっと見ている。

「太古の宇宙船だ」と、かれは説明した。「建材はかなり疲労している。ポスビ船のメタルプラスティックは寿命が長いはずなんだが。もっともポスビは保守的だから、新しいモデルをつくったりしない。近代化せず、いよいよ安全性の保証がなくなるまで大昔の船を使いつづける。このフラグメント船もそうなんだろう」

「なるほど」と、ローダン。「でも、この太古の宇宙船がなぜ解体されたのかという説明にはなりません。新しいポスビ船を建造するなら、それなりの需要があったんでしょうね」

「急にたくさんの船舶が必要になったのでは」と、ヌリア・ガイ・ツァヒディ。「たとえばポスビが全員、短期間に移住することになったとか」

「なるほど」と、イルナ。「でも、なにが起こったのか知る必要があるわね。中央プラズマのドームまで徒歩じゃなく、飛翔していくのなら、グラドのエレクトロン機器が復旧する前に行動しないと。ゴラシュはかなりの切れ者よ。エレクトロン攻撃を受けて、わたしたちがポスビ惑星にこっそりきたと気づいているわ。グラドは探知機が使えるようになったら、すぐに捜索を開始する。グラヴォ・パックが四台も稼働していたら、高性能の探知機はきっと反応する」

「たしかにそうだ」と、アトラン。「スタートしよう！」

　ギャラクティカー四名はグラヴォ・パックを使って上空二千メートルまで上昇し、フラグメント船の残骸を調べた。幽霊船団のエレクトロン攪乱攻撃がつづくかぎり、目視でしか見つかる危険はない。

　ポスビの中央プラズマがある一辺二キロメートルの正方形の区域に、高さ二百八十メートルの半球形の金属泡がある。

　それとも中央プラズマが〝あった〟というべきか。ＮＧＺ一一四三年の時点でどうなっているのかはわからない。

　スクラップ場をあとにしてから、かれらは低空飛行に切りかえた。下の風景は、昔と変わっていないようだ。広大な森林、サヴァンナ、川。頂上が冠雪している山が、青い空を背景にそびえている。

　二百の太陽の星の地表には、戦争の痕跡はまったくなかった。

戦争があったとしたなら、六百年以上前で、自然がすでに回復しているのだろう。ポスピに中央惑星の放棄を強いるような戦争があったとすれば、痕跡は地表だけにとどまらないはず。たとえ千年たってもわからないはずがない。

中央プラズマの区域にきて、四名はゆっくりと飛翔した。

「ペド・コンタクトができない」と、イルナがヘルメット・テレカムでつぶやいた。一同は手前のドームのあいだを通りぬけているところ。「これぐらい近ければ、プラズマのハイパーセクスタ・モジュールパラ放射を感じるはずなのに」

「以前はドームをとりかこんでいたエネルギー格子もない」と、アトラン。「だれもいないのだろうか。調べてみないと！」

「まずはサンタウンをめざそう」と、ローダン。

と、探知警報装置の明滅がやんだ。つまり、幽霊船団のエレクトロン攪乱攻撃がとまったということ。

「着陸！」と、ローダン。「さしあたりサンタウンでは大丈夫だろう」

かれらは着陸し、セランのグラヴォ・パックとアクティヴ探知システムのスイッチを切った。

だが遅すぎた。

突然パッシヴ探知システムが甲高《かんだか》い音をたて、強力な未知探知インパルスを感知したことを知らせた。

「ゴラシュの頭の回転の速さといったら！」と、ヌリア。「わたしたちが二百の太陽の星にいるって確信しているのよ」

「セランのシステムはすべてオフにしたほうがいい」アトランはそういって、防護ヘルメットをはねあげた。「そうすればグラドの探知機はわれわれを見つけられない。まずはプラズマ・ドームを内側から見てみたい」

かれらはセラン・システムをオフにしてから、もよりのドームに歩いていった。以前と同じように壁面にいくつもハッチがある。プラズマを管理するマット・ウィリーがいつでも出入りできるようにするためだ。

前は特殊なコード・インパルスがないとハッチを開けられなかった。

だが、いまはちがう。

ギャラクティカー四名がハッチに近づくと、ハッチの両扉はなにもしなくても開いたのだ。

内部は暗いので、先頭のアトランがヘルメットのライトをつけた。

円錐形の光が闇をつらぬき、なにもない空間があらわれた。

かつてはこの区域のすべてのドームをみたしていた、高度の知能を持つバイオプラズマは、影もかたちもなかった……

6

一一四三年四月二十一日。

アトランは右手をあげ、立ちどまった。同行者もとまれという合図だ。

とくに見るべきものはない。ギャラクティカーたちが中央プラズマの区域に奥深くはいっていくと、庭園都市サンタウンの建物はまばらになってきた。

サンタウン！

アルコン人は目をしばたたいた。道路、広場、公園、入植地の建物群は中央プラズマの区域までのびている。この区域には、宇宙ハンザの使者、ギャラクティカムとそのスタッフが住んでいた。

エレメントの十戒の攻撃で、幸福な時代はすぐに終わってしまった。激戦でサンタウンは荒廃。だがギャラクティカーとポスビは、わずか半年で復興をなしとげた。

その後、サンタウンの生活は活気づいた。

現在のように。

手入れのいいファサード、無数の窓にともる明かり、多目的ロボット。ロボットはポスビの設計ではないが、道路を清掃し芝を刈っている。だがアトランと同行者の目には、これらがすべて見かけ倒しにうつった。

ギャラクティカーたちはセランのデフレクター・スクリーン・プロジェクターを作動させていないので、外から見える。だがコンビネーションのVCFフィルムのカメレオン効果のおかげで、よりかかっているドームの色にまぎれていた。

さっきまで町に住民の姿はなかった。が、平屋の研究所から三名が出てきて、浮遊してきた皿に乗った。

グラドだ。ゴラシュの赤いコンビネーションと似た裁断の、グレイのプラスティック服をまとっている。胸のエンブレムも、ステーションの要員のものと同じ赤い円形で、矢のかたちの穴が開いていた。ちがいはかれらが武装していないこと。三名が皿に乗ると、グライダーは道路に沿って浮遊し、ゲートを通ってサンタウンの地下世界へもぐった。

「われわれも惑星地下施設にはいるのがいいだろう」と、ペリー・ローダンが提案。「あそこはエネルギーの放出がさかんだから、探知されずにデフレクターを使えるかもしれない。前もそうだった。町自体は住人がかわっても栄えているようだ」

またグラドが建物から出てきた。グライダーに乗る者も、近くの建物に徒歩で移動する者もいる。コンビネーションはブルーとグリーン。

　アトランが低い塔を指さした。にぶいブルーのメタルプラスティック製だ。

「七百年前にもここにあった」と、かれ。「ほかの建物もだ。だがあの塔はとくによくおぼえている。一階に反重力シャフトがあるから、それでサンタウンの地下世界に行こう」

「さあ、行きましょう！」ヌリア・ガイ・ツァヒディは待ちきれないようだ。「サブタウンへ！」

　サン人が伝説の狩人ニムロドのクロスボウの六連射式弾倉をまわし、CLK繊維の弦を引きあげると、アトランは眉をしかめた。先端がゴールドの輝きをはなつ、フラミンゴ色のインケニット製の矢が発射溝にすべりこむ。

「この弾頭はなんだ？」アルコン人が鏃を指して詰問した。「サブタウンで核爆弾をいじくりまわすんじゃないだろうな」

　ヌリアは高笑いした。

「なにを考えているんですか、指揮官殿！」と、皮肉たっぷりだ。「このゴールドの鏃は自家製のシントロン・ショッカーですよ。エネルギーを解放すると、周辺五百メートルの作動中のシントロニクスとポジトロニクスは十分間、動かなくなる。わたしたちのピココンピュータは、直前にスイッチを切れば、大丈夫」

「それはよかった」と、アトラン。

ペリー・ローダンが合図して走りだした。同行者も全力疾走。付近にグラドがいないので見つからない公算は高い。

タワーに到着するや、自動的に開いたハッチに駆けこんで反重力シャフトへ。このシャフトは、ふんわり下降できるように、二百の太陽の星の一・一三Gを調節してくれる。かれらはシャフト内でデフレクター・プロジェクターを作動させた。周囲の光波をそらしてくれる弱いエネルギー・フィールドにつつまれているので、光学センサーは、生命体のものでもロボットのものでも、かれらをとらえられない。デフレクター・プロジェクターから出る拡散放射はごくわずかで、サブタウンのさまざまな放射の海にまぎれてしまう。

だれにも遭遇することなく三百メートル進むと、中途階についた。ポスビの時代もそうだったように、全自動式の生産施設があるらしい。

「ここには一定間隔でモニター室がある」と、アトラン。「以前はマット・ウィリーが常駐していた。生産がスムーズにおこなわれるようにね。そこなら、サブタウンの状況が展望できるはず」

「グラドがいたら？」と、ペリー・ローダン。

「かれらを排除して、記憶を消さないと」と、バス＝テトのイルナ。「わたしひとりでやってもいいわ。だれかがけがをしたら困るから。グラドはわたしたちの盟友よ。かれらが自覚しているか、将来的に自覚するのかはわからないけれど」

「そうだな！」アルコン人が同意した。

ゆっくり動く搬送ベルトに乗り、移動した。途中、アトランが透明な二面の壁のあいだにあるグレイのハッチをしめした。奥でロボトロン・ユニットが休みなく稼働しているのが見える。

ギャラクティカーはベルトから飛び降り、グレイのハッチの左右に立った。

まずアルコン人がはいり、ハッチの両開きの戸が開いているあいだに、イルナがジャンプしてなかへ。ダゴル・アタックの大技が決められるように、両手をかまえたままだ。

次の瞬間、彼女は立ちどまり、笑ってかぶりを振った。

同行者たちもつづき、モニター室を見た。完璧なロボトロン技術のおかげで監視室に常駐するグラドは不要らしい。

グラドも、ロボットもいなかった。

スイッチや制御装置をよく調べてから、アトランとイルナはモニターを作動させた。

百ほどあるちいさなスクリーンが明るくなる。

うつしだされた生産設備、搬送ベルト、真空トレインのパイプ、惑星下スーパーマーケット、レクリエーション施設にいるのはグラドばかり。

四名のギャラクティカーが見たのは、それだけではない。それを見たかれらは、驚きでしばらく麻痺したようになった。

スーパーマーケットとレクリエーション施設のあいだの広場に、突如としてたくましいヒューマノイドがあらわれたのだ。肩までとどく銀髪と、ドラゴンの革の野蛮な服。素手でグラド二名をやっつけている。

「コヴァル・インガード！」おちつきをとりもどしてから、アトランがいった。「なんでこいつが二百の太陽の星に？」

*

答えはすぐにわかった。

ブガクリスの蛮人が赤い服のグラド二名を打ち負かし、縛りあげているあいだ、ギャラクティカー四名はただ傍観していた。

ただイルナは例外で、制御装置を使ってかれらがいる場所を確認しようとしていた。

「エイレーネ！」突然、ペリー・ローダンが信じられないといったようすで叫んだ。かれの娘がわき道から飛びだしてきたのだ。コンビ銃でコヴァルがやっつけたふたりを麻痺させている。「どうやってサブタウンにきたんだ？」

「そんな予感がした」と、アトランがつぶやいた。

イルナが〝犯行現場〟を突きとめたあと、ヌリアがクロスボウを持ってモニター室からそっと出ていったのに、ローダンもイルナも気づかなかった。

すべてのモニターの画像がちらちらしはじめ、あちこちからサイレンの大音響がし、ネズミ＝ビーバーのグッキーがエイレーネのそばで実体化、エイレーネが麻痺させられて倒れたとき、かれらはようやくサン人がいないことに気づいた。

次の瞬間、イルトにもパラライザーが命中し、戦力外になった。

すべてのモニターが暗くなった。

「助けてやらないと！」と、ローダンはいって、イルナを見た。「どこに行けばいいか、きみはわかっているだろう」

「おちつきましょう、ペリー」女アコン人はつとめてしずかな声でいった。「やみくもに介入しても、エイレーネとグッキーとコヴァルは助けられない。こっちも巻きこまれてしまうから。わたしたちがサンタウンとサブタウンにいることをグラドに知られないように、気をつけないと。そうすればチャンスはある。ヌリアの正体がばれる前に、連れもどさないと。わたしにまかせて」

彼女はいそいでハッチから出ていった。

イルナを追おうとするローダンを、アトランがとめた。

「おちつけ！」と、きびしい口調でいってから、声を落として、「きみのすてきなお嬢さんも、なかなかだな。きみがしないのなら、わたしが彼女の尻をたたいてやるぞ」

「でもエイレーネは……」ローダンが口ごもった。「あの子はきっと……ひとりでやったんじゃない……あの子はテレポーテーションできないんですから、アトラン！」

「娘の嫌疑をはらそうとするな、蛮人！」アルコン人がどなった。「グッキーが彼女を説き伏せたんじゃなく、その逆だろうな。彼女が魅力を振りまいたら、イルトはいいなりだよ。コヴァルを味方につけるのだって、お安いご用さ。最近は彼女のあとを追っかけていたからな」

「かれとエイレーネは親しかったから」と、ペリー・ローダン。

「それはべつにいいんだ。テラニア山の〝前兆の印を刻まれし者〟は、知的でいいやつだからな。だが、準備もなしにグラドと対決すべきではなかった。カルタン人の奴隷ハンターの件でひどい体験をしてから、かれはネコぎらいになった。グラドはネコみたいな特徴があるからな。エイレーネは、コヴァルが急にグラドと出くわしたらどう反応するか、予想しておくべきだったな」

「いまいましいが、たしかにそうです！」と、ローダンが吐きすてた。「あの子がわれわれの存在をいちばん必要としていたときに、ゲシールとわたしがかまってやらなかったつけがまわってきたのでしょう」

アルコン人はにやりとして、ローダンをはなした。

「きみの自己批判はただしい」と、アトラン。「だがエイレーネはどうやってもいまのような性格に育っただろう。彼女には、父親にはないカリスマがある。問題は、彼女がときどき自分を過大評価し、自分の未熟さを棚にあげることだ」

　ローダンがまたしゃんとなった。

「わかりました！」いつもの淡々とした口調だ。「だが、どうにかしてエイレーネとグッキーとコヴァルを解放しないと。イルナはどこにいる？」

「ここよ」またハッチが開き、女アコン人の豊かな声がした。

ローダンとアトランがハッチを見ると、イルナに押されてヌリアがはいってきた。サン人は気まずそうだ。

「残念だわ」と、ヌリア。「イルナより前に、仲間たちが苦境におちいるとわかって、助けようと思ったの。百メートルぐらい進んだけれど、その先の二百メートルはグラドが大勢いて、封鎖していた。それでシントロン・ショッカーつきの矢を六本放った。だからこの周辺はシントロニクスもポジトロニクスも機能していない」

「それでモニターがぜんぶ暗くなったんだな」と、アトラン。「われわれのセランのピココンピュータも使えなくなった」

「エイレーネとグッキーのピココンピュータもだ」と、ローダン。「これではかれらを探せない。われわれの宇宙船に救援ももとめられない。グラドに探知される危険を受け入れる覚悟があったとしてもだ」

「お手あげだな」と、アトランが認めた。

「わたしたちが同盟者に勝てれば、べつですが」と、いわくありげにヌリア・ガイ・ツァヒディ。

「同盟者……？」イルナがまのびした声を出した。「この下でグラドがうようよしているのに？　まさかグラドを味方につけられると思っているの、ヌリア。獅子人間は外部の者に対しては、団結が強いのに」

「グラドのことじゃない」と、サン人。「グッキーたちと会おうとしているときに、奇妙なふるまいをしているグラド二名を見つけました」

「わたしもときたま奇妙なふるまいをするが」アトランがからかい気味にいった。「どのくらい奇妙なんだ、ヌリア？　四つんばいになって歩くのか、それとも？」

　ヌリアがいたずらっぽく笑った。

「ふたりのグラドがしたようなことをあなたもできたら、そういえるかもしれませんね、アルコン人」と、彼女は笑い、「猛スピードでからだを回転させ、あっという間に両足で地面に穴をあけるんです」

「マット・ウィリーだ！」と、ペリー・ローダン。「以前は二百の太陽の星に何百万もいたマット・ウィリー以外、そんなことはできない。ヌリア、大発見だ。かれらのかつての主人はわれわれの親友だった。きっとマット・ウィリーが力になってくれる」

「わたしもそう思う」と、アトラン。「ヌリア、きみはときどきヒューズが焼ききれるけれど、宇宙一の慧眼《けいがん》の持ち主だ」

「ほめすぎでしょ」イルナがかれの饒舌《じょうぜつ》をさえぎった。「二名のウィリーのところに案内して、ヌリア！　かれらが同盟者になってくれたら、うまくいくかもしれない。アウトサイダーが千年かけて調べあげるより、かれらのほうが二百の太陽の星とその秘密をよく知っているはずだから」

7

一一四三年四月二十二日。

サブタウンはひどい状態だった。

重武装のグラドが通廊を走り、生産工場、商店街、レクリエーション施設をくまなく探している。

ギャラクティカー四名は、モニター・センターを出てからは、通廊の壁にぴったりからだを押しつけていた。デフレクター・フィールド・プロジェクターで不可視にしているが、偶然グラドと衝突する危険はある。獅子人間たちは、やみくもに動きまわっていた。サブタウンとサンタウンに侵入者がいるとは思っていないのだろう。

「シントロン・ショッカーを持ってきたのは大当たりだったわね」バス＝テトのイルナがヌリア・ガイ・ツァヒディにいった。「ロボットが稼働していれば、グラドはとっくにわたしたちに気づいているはず」

通廊が無人になるまで待って、かれらは反重力リフトまで走り、一階下に降りた。命にかかわる装置は、緊急時には電動制御されている。

サン人は先に立って急いだ。自分でつくった高性能なクロスボウは、いつでも放つことができる。マット・ウィリー二名がどこからあらわれるかわかるのは彼女だけ。かれらが両足を地面に〝ねじこむ〟のを見た本人だからだ。

ヌリアはせまいわき道に曲がり、自動的に作動しないハッチをあけようと必死だ。それでもうまくいかず、イルナがコンビ銃を分子破壊モードに切りかえ、ロックを破壊。

こじあけたハッチの奥は倉庫だった。棚がすこしあるくらいで、ほぼからっぽだ。

サン人が天井を指さした。中央にでこぼこがある。

一同は、そのでこぼこが完全に静止しておらず、動いているのに気づいた。

アトランが笑った。

「臆病者め、あきらめろ！」かれは、カムフラージュしたつもりのマット・ウィリー二名に呼びかけた。「われわれは友だ。話がしたい。女テラナー、テラナー、女アコン人、アルコン人だ。昔はきみらの主人とも親しかった」

天井ではまるくなっていたグレイのふたつの塊りが、床に向かって伸びてきて、細い擬似脚で立った。

天井にふたつの大きな〝穴〟がのこった。

「アセナスです」ウィリーの一名が未完成の口でいって、侵入者たちを有柄眼で見た。

「わたしはナシュレディン」と、もう一方のマット・ウィリーが名乗った。「テラナー、アコン人、アルコン人のことは聞いています。古いいいつたえによれば、テラナーとポスビとは同盟を結んでいたとか。ポスビはよそに移住する前は、われわれの世話役でした」

「おやおや！」と、ペリー・ローダン。「逆じゃないかな。当時、きみたちマット・ウィリーはポスビの〝乳母《うば》〟だったのでは」

バス＝テトのイルナにはその言葉が遠くからしか聞こえなかった。力が抜け、アトランに抱きとめられながら、六次元ペド感覚をナシュレディンに集中した。ふつうのマット・ウィリーや知性体にはないなにかを嗅《か》ぎつけたからである。

ナシュレディンのÜBSEF定数にはペドポールがあり、女アコン人は位置を特定してこの六次元構造にはいり、自分でプログラミングすることができた。

つまり、ナシュレディンは自分で行動しているように見えるのだが、実際にはイルナが完全に彼女になりかわって行動できるわけだ。

同行者と自分とグッキー、エイレーネ、コヴァル・インガードが絶望的な状況にあるいま、この誘惑は非常に大きかった。消えてしまっていたサーレンゴルト人のメンタリティが、よみがえったのかもしれない。

イルナは自分がしたことに良心のやましさを感じた。それでもマット・ウィリーへの〝ペドポールの移植〟はあきらめなかった。

ナシュレディンは自分の内部で起こった変化に気づいていない。イルナもわれに返り、また自由に動けるようになった。彼女はアトランに感謝の合図をして、同行者とマット・ウィリー二名の会話に耳をかたむけた。

「……あなたたちを、われわれのところにかくまうこともできます」と、アセナスがいっている。「そこならわれわれの友も捜索しません」

「きみたちの友？」ローダンが驚いて訊いた。「グラドのことか？」

「はい」と、アセナス。「グラドは、ポスビによって二百の太陽の星の管理者に登用されました。グラドとアンドロメダのマークスは、昔から交易パートナー、同盟者だったんです」

「するとポスビは自分から出ていったんだな」と、アトラン。「だがその話はきみたちのところに行く途中ですればいい。そうでないと発見されてしまうから」

「あなたたちはグラドの敵ではないですよね？」アセナスが心配そうにたずねた。

「敵ではなく友ですよ、兄弟」と、イルナがはいりこんでいるナシュレディンが、女アコン人と直接コンタクトせずにいった。「かれらがまだ知らないだけで」

「それならついてきてください、はやく！」と、アセナス。

アセナスとナシュレディンはふたたびグラドの姿になり、ギャラクティカーたちを先導して、せまい通廊と吹き抜け階段をいそいだ。グラドはこの通路を知らないらしい。途中も会話はつづいた。

ポスビは標準時間で五百年前、四本腕の預言者の訪問をうけた。記録があるはずだが、アセナスもナシュレディンもそれを見たことがない。かれらが秘密にしているのではなく、マット・ウィリーがいまを生き、過去と未来には拘泥《こうでい》していないからだろう。

ほとんどのマット・ウィリーはポスビと去っていった。二百の太陽の星にのこった少数の者は、だんだんにグラドの外見になった。二百の太陽の星のグラド社会で孤立しないためである。かれらは自由に動くことができた。

ギャラクティカーたちは記録に強い関心をしめしたが、アセナスがかれらをなだめた。記録はグラドだけが住んでいるセクターの補助記憶バンクにある。異人の出現によるパニックがおちついてから、行ったほうがいいだろうと。

半時間後、サンタウンやサブタウンのマット・ウィリーのみが居住している地域にきた。アセナスが紹介すると、三ダースほどのマット・ウィリーが歓迎してくれた。アンドロメダ出身のこの生命体は、生来の無邪気さを失っていなかったのである。

「グラドを偵察して、かれらのようすをたしかめてみましょう」と、イルナに〝プログラミング〟されたナシュレディンがいって、ギャラクティカーたちからはなれた。

　ペリー・ローダンたちは友好的なマット・ウィリーにかこまれ、豪華な調度の部屋に通され、大歓迎された。かれらには悪意というものがないのである。

　イルナは、グラドから身をかくしている自分たちの立場についてふと考えた。だが、マット・ウィリーは良心の呵責《かしゃく》を感じずに行動している。ギャラクティカーとグラドが友だと疑っていないからだ。この不定形生物はこのようにしかふるまえないのだ。

　半時間後にナシュレディンがもどってきた。

「あなたたちの友は反プシ・フィールドにいます」と、かれ。「ちいさな毛皮生物がグラドをテレキネシスで攻撃したので、閉じこめられたんです」

「どうしてそんなことを？」と、アセナス。

「とても自由を愛する生物なのでね」ローダンが答えた。「グッキーは閉じこめられても自分を守れる。でも、エイレーネとコヴァルにはパラ能力がない」

「グラドはかれらを予防的に反プシ・フィールドに閉じこめたのでしょう」と、ナシュレディン。「このあたりの宙域ではハウリ船の群れが潜伏しているので、リスクをおかせませんから」

　イルナはため息をついた。「グラドは勘ちがいしている。それは友好的なわたしたちの船団よ。グラドにもわかってもらいたいけれど、ゴラシュの不信感は根深くて」

「その理由は、過去にあるのです」と、ナシュレディン。「グラドは、侵入者を反プシ・フィールドにいれておけば、サンタウンやサブタウンは安全だと思っています。アセナスといっしょにみなさんを補助記憶バンクにご案内しましょう。ここに過去の事件の記録があります」

「では、行こう！」ローダンは娘の解放をあとまわしにするのがつらかったが、そういった。

*

ふたたび秘密通廊へ。

二名に案内されたギャラクティカーたちは、またサブタウンの通常セクターにもどった。何百年も前のポジトロニクス・エレメントが多数ある施設だ。

この施設はグラドに監視されていない。だが人工知能の多数のセクションのあいだの一部が透明になっている隔壁ごしに、グレイのコンビネーションを身につけたグラドがときどき見えた。かれらが操作している装置は、遠くてよくわからないが非常に先進的なシントロニクスらしい。宇宙カタストロフィが七百年もつづいたのだから、ある程度健全な文明なら、そのあいだに技術はますます発展しているはず。

だがアセナスとナシュレディンは専門知識がないので、これ以上は力になれなかった。そこでほかのマット・ウィリー二名が案内を引きついだ。かれらもギャラクティカーを微塵《みじん》も疑っていない。

必要なスイッチ操作をすると、ちいさなスクリーンに二百の太陽の星の中央プラズマのシンボルがあらわれた。

「大型スクリーンは使えませんし、ホロ・プロジェクションもできません。グラドに気づかれるかもしれないので」と、一ウィリーがあやまった。

「情報をきちんと伝えてもらえれば充分」と、ローダン。

「銀河間戦争がやんでから、標準時間で一世紀が経過」と、中央プラズマのヴォコーダー音声が告げた。「その間、われわれポスビは、交易パートナーかつ同盟者のマークスおよびマゼラン星雲のグラドと緊密に協力した。しかし、われわれがかつてテラナーと同盟を結び、兄弟の交わりをしたことを忘れてはならない。

しかし、かれらは何百年間も去ったままで姿を見せず、音信不通。われわれポスビはかれらに最悪の事態が起こったのではと憂慮するもの。かれらの故郷である天の川銀河が未知勢力により完全に隔離され、かつて栄華をきわめた文明がまったく存在しない、呪われた者たちの銀河となったのではないかと。テラナーもアルコン人も死にたえたのかもしれない。

われわれはそれを信じない。だがそれがいつか確信になったなら、われわれはみずから死を選ぶだろう。テラナーもペリー・ローダンも存在しないのであれば、その苦悩を克服することはできない。

われわれポスビがクロノフォシルを活性化し、めざましい突発的進化を遂げ、知性と感情の両面であらゆる自然発生生物と等価値の存在となれたのは、ペリー・ローダンとテラナーのおかげ。

われわれポスビは恐怖と悲しみにあふれている。

だが事態は変わるかもしれない。きょう、黒い球型船が二百の太陽の星に着陸し、M-87からきたイホ・トロトなるハルト人が降りたったからだ。

このハルト人はペリー・ローダンの友だと述べ、不死人間ペリー・ローダンのような人物は、宇宙カタストロフィも、銀河間戦争も、天の川銀河の併合も、未知の力で克服するにちがいないとくりかえし述べた」

突然、中央プラズマのシンボルが消えた。

そして黒い皮膚で、戦闘服をまとったハルト人の姿があらわれた。ヘルメットをはねあげ、黒いドーム形の頭を宇宙要塞の装甲ドームのようにめぐらせている。

「トロトス!」と、ペリー・ローダン。ハルト人はみな同じに見えるといわれているが、かれは無数のハルト人から旧友をすぐに見わけられるのだ。

イホ・トロトは四本の腕をひろげ、とどろく声でいった。

「ハロー、ご拝聴ありがとうございます！　わたしの名はイホ・トロト。ハルト人だということはすぐおわかりのはず。テラナーもこの記録をお聞きかもしれませんな。それはともかくとして。

わたしは危険な冒険を数多く経験し、M‐87銀河から二百の太陽の星へきました。天の川銀河についてあちこちでいわれている悲観的な噂が本当か、調べるために」

トロトの三つの目が赤く光った。

「ペリー・ローダンが宇宙カタストロフィで死んだという噂がある。わたしはそれを断じて信じません。この確信に対し、ポスビがポジティヴな共感をしめしてくれたことはありがたい。

全テラナーで最大のこの人物が、かんたんに死んでなるものですか。かれのような資質を持ち、すぐれた友でもある男が、宇宙の舞台からそっと退場するはずはない。かれはどこかで生きています。たとえ悪い条件下でも。

だからペリー・ローダンとかれの誠実な友らを探すため、また二百の太陽の星を去ります。でもかならずもどってきます。かれをともなってもどれるかどうかはわからない。でも見つからなかったら、見つけるためにまたなんどでも出かけます」

トロトは二本の作業アームを振って合図し、消えていった。また中央プラズマのシンボルがあらわれた。

「イホ・トロトが二百の太陽の星にまいた種は、芽を出した」人間のような声のヴォコーダーがいった。「ポスビは四本腕の預言者の言葉を信用し、自分たちもペリー・ローダンの捜索におもむくことにした。グラドとマークスはそれを必死にとめようとしたが、むだだった。

それ以降、ここにポスビは住んでいない。そのかわりにグラドが移住してきた。ポスビがもどるまで、二百の太陽の星を管理してほしいというわたしの願いを聞き入れて。だがわたしはそののち、すべての希望をあきらめ、グラドにわたしを故郷アンドロメダにもどしてほしいとたのんだ。かれらの必死の説得にも、わたしは翻意しなかった。わたしのポスビといっしょにいられない世界で、どうしろというんだ！

グラドもついに折れた。マークスとともにかれらはわたしをアンドロメダにもどした。ポスビに去られたマット・ウィリーは、わたしに同行してわたしの世話をした。われわれの古い遺産を忘れさせないために、ごく少数が二百の太陽の星にとどまった。おそらくかれらは無為に待ちつづけはしないだろう……」

音声がとだえ、シンボルが消えた。

しばらくのあいだ重苦しい沈黙があったが、イルナがいった。

「で、それからあとは、イホ・トロトとポスビと中央プラズマの消息はわからないままなの？」

補助記憶バンクを担当していたマット・ウィリーが答えようとしたが、びっくりして言葉をのんだ。かれと大宇宙からの訪問者たちのあいだに、セランを着た毛皮生物が実体化したのだ。

「グッキー！」ローダンが叫んだ。「エイレーネとコヴァルを連れてこなかったのか？」

イルトは一本牙《きば》をむき出しにしていった。

「ぼくがきてうれしくないの、ペリー？　エイレーネと蛮人のことは心配しなくていいよ！　かれらがべつの反プシ・フィールドにいたから、近づけなかったんだ。でもグラドがちゃんとお世話しているから心配ないよ。それにナシュレディンがふたりを解放しようとがんばってる」

「ナシュレディン？」と、アトランがいぶかしんで、まわりを見た。「本当にいなくなっている！　かれがきみを解放してくれたのか、グッキー？」

バス＝テトのイルナはこっそり笑ったが、なにもいわなかった。プログラミングされたマット・ウィリーを送りだしたのは、彼女だからだ。

「そうさ」と、イルトが答えた。「かれは賢いやつで、やる気もまんまんだし」と、女アコン人に目くばせして、それから訊いた。「ここでやってる怪しい集会はなんなの？」

「怪しい集会じゃない」と、ペリー・ローダン。「われわれの聞いたことを教えよう」

「記録をもう一度再生したらどうでしょう」と、アセナスが提案。

だれも反対しなかったので、かれは仲間の二名に合図した。

ネズミ＝ビーバーは黙ってすべてを見てから、マット・ウィリーにたずねた。

「記録はこれでぜんぶ？」

「はい」と、記憶装置を操作していたウィリーが答えた。「でもわれわれはもっと知っています。ポスビは一名も二百の太陽の星にもどっておらず、中央プラズマも沈黙したままですが、かなり前に、四本腕の預言者がまたあらわれました」

「そうなの？」と、グッキーがそわそわしていった。「で、かれとなにをしたの？」

「われわれマット・ウィリーはなにも」と、答えがかえってきた。「でもグラドがかれをだまして、屈服させました。かれにペリー・ローダンの伝説を否定させ、ポスビを二百の太陽の星にもどすように強要したんです」

「それがうまくいかなくて、かれらはトロトをエネルギー棺桶にいれ、マークスにわたしたんだな！」イルトが怒ってぶちまけた。

「どうして知っているんですか？」と、アセナス。

「ラトバーから聞いたのさ」と、グッキー。「かれはルックアウト・ステーションでマークスから聞いた。マークスはかれに備蓄エネルギーを提供したんだ。ぼくらの骸骨男がかれらにすごく圧力をかけたからね。でも《ツナミ＝コルドバ》でわかったんだけれど、エネルギー棺桶にはトロトのからっぽの戦闘服しかなかった。あとはつまんない録音機がひとつあっただけ。グラドがマークスにこのからっぽの戦闘服だけわたしたのか、それともトロトはみんなの裏をかいてルックアウト・ステーションの輸送船にいるときに逃げて、からっぽの戦闘服だけのこしたのか、よくわかんない」

「グラドは、四本腕の預言者がマークスのもとにいると確信しています」と、アセナス。

「こりゃ、驚いた！」イルトが甲高い声でいった。「獅子人間をどう手なずけたらいいか、わかったぞ」

グッキーは非実体化した。

8

一一四三年四月二十三日。

「エイレーネがグッキーに、コヴァルといっしょに二百の太陽の星にテレポーテーションしようなどと持ちかけなかったら、いまごろはウィリーの秘密通廊を通って《カルミナ》に忍びこめたのに！」ペリー・ローダンは運命を恨んだ。

バス＝テトのイルナはかれの肩に手を置き、テラナー風にかぶりを振った。

「ゴラシュを甘く見ていたわね、ペリー」と、やさしくいって、「グラドの探知システムがわたしたちの宇宙船をまだ発見していないとしたら、驚きだわ。スクラップになったフラグメント船は、完璧な遮蔽《しゃへい》にはならないから」

「グラドはもうわれわれを探していない」と、テラナーは反論した。

「《カルミナ》を発見すれば、もうその必要がないからね」と、アトラン。「そこでわれわれを待てばいいんだから」

「二百の太陽の星に〝ハイキング〟に行ったエイレーネの罪について、わたしの意見はちがうの」と、女アコン人。「たきつけたのはグッキーよ。四本腕の預言者の伝説を、グラド側から聞きだしたかったんでしょ」彼女は両手をローダンの肩からはなした。

テラナーはほっとしたらしい。

「そうかもしれない」と、ローダン。「不思議なのは、トスタンがかんでいないことだ。あのギャンブラーは生半可な事実には満足しない。ルックアウト・ステーションでかれが探りだしたのはまさにそうした情報なのに」

「わたしの考えでは、かれも仲間だろう」アトランがおもしろがっていった。「グッキーはテレポーテーションの達人だが、一天文単位以上はジャンプできない。トスタンはATGフィールドで保護された《ツナミ＝コルドバ》でかれを二百の太陽の星のすぐ近くまで連れていき、おそらくまだそのあたりにいるさ」

「そうね、ラトバー・トスタンとイルトならやりかねないわ」と、イルナはつぶやき、成型シートに腰をおろした。「心配なのは、わたしたちがグラド、とくにゴラシュをいまだに過小評価しているんじゃないかということ。ゼロ夢で、周囲でなにが起こっているのか探ってみる。もしもグラドの軍隊がわたしたちのまわりに集結しているのなら、こっちから自発的に出ていかないと。無意味な戦いをして、罪のないマット・ウィリーを危険にさらさないために」

「あきらめるということか？」ローダンが憤慨して訊いたが、アトランの強い視線を感じて黙った。

「ともかく地表のサンタウンまで行って、仲間の船に救助してもらいましょう!」と、ヌリア・ガイ・ツァヒディが提案。

「とうの昔にそうしていればよかったが」アトランは小声でいった。「たとえ軟弱だといわれても、ちがう決断をくださなければならない。罪のない者たちを危険にさらすわけにはいかないからな。マット・ウィリーだけでなくグラドもだ。グラドたちのもとにわれわれは突然やってきた。かれらの不信感は、この七百年の経緯を考えればもっともだ」

ため息をついて、イルナが目をあけた。

「なんとなくわかったわ」と、彼女。「グラドはわれわれがサブタウンにいると思っている。あの補助記憶バンクのところではなく、マット・ウィリーの居住区に。でもこの地区を急襲するつもりはないわ。かれらは抜け目ないから。ナシュレディンがエイレーネとコヴァルを解放しようとしているのもわかっていて、それを可能にした。もちろん、こっそりあとを追っているけれど」

「エイレーネとコヴァルは解放されたのか?」と、ペリー・ローダン。「どこへ行ったんだ?」

「わからないわ」イルナが答えた。「エイレーネの意識には近よれないから。コヴァルは見つからない。ふたりはわたしのペド能力の到達範囲の外にいる。グラドもかれらを見失っている」

彼女はまた意識を集中してから、ゆっくりいった。

「ナシュレディンはグラドを出しぬいたわ。かれはエイレーネとコヴァルを秘密通廊に送り、グラドにはちがう道をしめした。エイレーネの姿になって、彼女と蛮人が進んだのとはべつの方向に導いたのよ。いまはかれもわたしのペド能力が到達しない場所にいる」

「ナシュレディンがわれわれの友を秘密通廊に導いたのなら、ここへ通じるまわり道でしょう。かれはみなさんがどこにいるか、知っていますから」アセナスはギャラクティカーのほうを向いた。「かれらがくる方向に行ってみましょうか」

「賛成だ！」と、ローダン。エイレーネと再会したくてならないのだ。

アセナスはギャラクティカーを案内して、ポジトロニクスとシントロニクスのセクションから出て、カムフラージュされたハッチを通ってせまい秘密通廊に導いた。あちこちに絶縁エネルギー・ケーブルの束が通っていて、その放射の影響で探知される心配はない。

「惑星オリンプのアンソン・アーガイリス皇帝の惑星地下にある秘密迷宮みたいだ」しばらくしてペリー・ローダンがいった。「罠システムはないようだが」

「ありますよ」と、アセナス。「でも死を招くことはありません。もちろん罠にかからないように案内しますけどね」

「エイレーネとコヴァルが罠にかからないといいのだが」と、ローダン。

「ナシュレディンがいれば大丈夫です」と、マット・ウィリーがなだめた。

と、かれが急に立ちどまった。グラドの外見が崩れつつあるかれは、壁に近づき、ちいさな跳ねぶたを開いてセンサー・ポイントに触れた。

とたんにかくされたスピーカーから甲高い不協和音が響いた。

「大警報です！」アセナスが叫び、ほとんどかたちがないゼリー状の塊りになった。目柄と口ぐらいしかわからない。「グラドはパニックにおちいっているのでしょう。大警報が出るのは、二百の太陽の星の全宙域が危険なときだけですから」

「わたしたちの船団が介入したのかしら」と、ヌリア。

「だが、かなり強引だな」と、アトランはいってパートナーを見た。「ゼロ夢をためしてくれるか、イルナ？」

アトランはうなずいた彼女を抱擁した。

アセナスの有柄眼がさらに大きくなり、集中している女アコン人をじっと見ている。なぜそうしているのかわからないのだろう。ゼロ夢についてまちがったイメージをいだいているのかもしれない。

数秒でイルナは目を開いた。

「〝四本腕の預言者〟よ」と、苦笑した。「イホ・トロトがサンタウンに出現し、ショックを受けているグラドに雷みたいな声で告げている。ペリー・ローダンを見つけたってね。この伝説の人物は、二百の太陽の星のグラドにまぎれて、人間の姿で存在していると」

「グッキーめ！」アトランが笑っていった。「《ツナミ＝コルドバ》でトロトの戦闘服を失敬して、それから二百の太陽の星にテレポーテーションしたんだろう。いまはテレキネシスで戦闘服を動かしているのさ。人形づかいがマリオネットを動かすようにね。たいしたやつだ」

「ふう！」と、ペリー・ローダン。「イルトが、獅子人間を手なずけられるといったとき、なぜそこまで考えつかなかったんでしょうな。うまくいくといいんですが」

「いつものことよ。地表に出て、もう一度ゴラシュとコンタクトしましょう！」イルナがきっぱりといった。「グッキーが、ペリーはグラドのなかにいるともういっちゃったんだから、公けの場に出ないと」

「了解」と、ローダン。「でもエイレーネとコヴァルが合流するまで待とう」

「もうきていますよ」と、アセナスが告げ、擬似腕でカムフラージュされたハッチを指さした。と、そのときハッチが開いた。

数秒後、ペリーとエイレーネは抱きあっていた。

だがそうゆっくりはできない。

アトランはふたりにいった。いまは感傷にひたるのではなく、グラドとの問題に決着をつけ、おたがいの不信感を拭《ぬぐ》い去るときなのだと。

＊

サンタウンは悪魔にとりつかれていた。

いや、悪魔でなくハルト人に、というべきか。

反重力リフトで地上に出たギャラクティカー六名は、ふたたび大きな野外広場に出た。

広場は、六本の塔とそのほかの建物にかこまれ、噴水が六カ所にある。

広場のまんなかで、背が三・五メートル、横幅が二・五メートルの黒い肌のハルト人がのしのし歩いている。血のように赤い戦闘服はかれをさらに巨大に見せ、その口が発するとどろきは、なまなかな嵐よりうるさい。

ほとんどが非戦闘員のグラド五百名が四方に散り、周囲の建物のサイレンはハルト人の大音声《だいおんじょう》に負けじと鳴りわたる。

ついにサイレンが鳴りやむと、ハルト人は四つのこぶしで胸をたたき、エリコのトランペットの音量で叫んだ。

「逃げるな、マゼランの臆病者めが。このイホ・トロトのところにこい。昔おまえらが術策を弄《ろう》して打ち負かし、エネルギーの棺《ひつぎ》に閉じこめてマークスに引きわたしたあのイホ・トロトだ！」

かれは作業アームでギャラクティカー六名を指して、叫んだ。

「見ろ、あそこにわたしがずっと探していたペリー・ローダンがいる。友といっしょに。かれは友としてきたのに、おまえたちに中傷され、追放された。だがいまはここに友のトロトがいる。わたしがかれを守る！」

「すばらしい！」と、ヌリア・ガイ・ツァヒディ。逃げまどっていたグラドが立ちどまり、ペリー・ローダンのほうを見た。「でもかれは忘れてるわ。ほんもののトロトですら、すべての力を合わせてもグラドのすぐれた技術の前には無力だってことを。ほら、上を見て！」

ほかのギャラクティカーたちも上を見た。

グラドの大きな洋梨型宇宙船が、インパルス・エンジンの轟音《ごうおん》と、押しのけられた空気の笛のような音、重力パルス装置のうなり音をたてながら、まっ青な空から二百の太陽の星に降下し、高度三千メートルで待機。二ダースの細長い搭載艇が、宇宙船の下部三分の一にある格納チューブから跳びだしてきた。

たくさんのスピーカーがインターコスモでがなり立てた。

「場所をあけろ！　けがをしないように広場の端へよるんだ！」

　グラドの非戦闘員はそれにしたがい、居合わせた少数の兵士は、広場の縁に退避する者たちを誘導。

　しかし、イホ・トロトは波が砕ける岩のように、広場のまんなかに突っ立っている。六名のギャラクティカーはあわててかれのまわりに集まった。

「グッキー、この悪党め！」と、小声でアトラン。「最後までハルト人になりきるんだ！」

「この人物がペリー・ローダンだという主張を曲げちゃだめよ！」と、エイレーネ。

「ぼくのこと、なんだと思っているの！」イルトは甲高い声でいってから、極限拡声器のボリュームをさらにあげてがなった。「おい、おーい！　広場に着陸しようとしている搭載艇のグラドども！　ボスのゴラシュはいるか？　交渉したいんだが」

　細長い胴体の搭載艇が、ものすごい速度で広場を一周してから船首をさげ、無謀な操縦で広場に着陸した。ギャラクティカーたちと十メートルしかはなれていない場所で停止。船首のインパルス砲はハルト人にぴたりと向けられている。

　それから衝撃フィールドの上で旋回したため、インパルス砲はギャラクティカーたちからそれた。

　キャノピーが開いた。

真っ赤な生地で折りかえしが銀色の戦闘コンビネーションに、銀色のベルトといういでたちのゴラシュだ。防護ヘルメットを開くと、サンタウンを吹く風がたてがみを舞いあがらせた。

地面に降りたったかれはベルトのホルスターからコンビ銃を出し、広場の舗装路面に置き、ギャラクティカーたちに近づいた。

ペリー・ローダンも、かれと同じくコンビ銃を出して地面に置く。同行者たちもその例にならった。トロトはその必要がなかった。武装してなかったからである。

グラドは、ギャラクティカーから三歩の距離で立ちどまり、挨拶がわりに片手を頭にのせ、うやうやしくいった。

「きみたちは思った以上に抜け目がないな」それからトロトをまっすぐ見た。「もどってきたんだな、イホ・トロト。わたしの祖先がひどいあつかいをしたのは申しわけない。だが、わかってくれ。われわれグラドは二百の太陽の星を掠奪して統治しているのではなく、管理を託されているのだ。ポスビの真の友だからな。祖先がきみを打ち負かしたのは、ポスビをここに連れもどしたかったからだ」

「わかった。許してやろう！」トロトことグッキーの声がとどろく。「だが条件がある。過去と現在と未来の全ギャラクティカーで最大の人物、ペリー・ローダンを……」と、かれは芝居がかったしぐさでローダンをしめした。「……尊重し、かれとその同行者に自由通行権をあたえ、好きなときに二百の太陽の星を立ち去れるようにしてほしい。もちろんわたしもいっしょに」

ゴラシュはちょっと考えてから、テラナーのほうを見た。

「きみはこの数日間、きみとその出自について考える時間とチャンスをあたえてくれた」敬意のこもった声だ。「ペリー・ローダン、おかげでこれからもきみを疑いつづけずにすみそうだ」

「よかった、ゴラシュ」と、ローダン。「あなたの姿勢とふるまいを尊敬する。われわれ、同盟者となれるのではないだろうか」

ゴラシュが拒否的な表情をのぞかせた。

「それは時期尚早《しょうそう》だ」一歩引いた答えが返ってきた。「きみの停滞フィールドと六百九十五年の時間跳躍の話を信じようとは思うが、だからといってすぐに同盟関係は結べない。ポスビの大脱出と無関係ではないきみが、かれらを連れもどしてくれたら、そのときは考えるとしよう」

「だれに話しているのか、わかってんのか！」トロトがどなった。「かれはペリー・ローダンだぞ、ゴラシュ！」

「かれがペリー・ローダンだとはわかっている」と、グラド。「だが名前は名前で、それ以上でもそれ以下でもない。わたしが知っているのは、かれの失踪がきっかけでわれわれの友ポスビがこの惑星を去り、中央プラズマも同じ運命になったということ」

「だからなんなんだ！」トロトが激高していった。「ペリー・ローダンって名前は、大宇宙で……」

「もういい、トロトス！」ローダンがさえぎった。「大げさすぎる。もうそういう時代は終わったんだ。ミュラーとかなんとか、凡庸な名前だっていいんだ……」

グッキーは立場を忘れてくすくす笑った。

極限拡声器のせいで、その声は無数のウマが同時にいなないたようにとどろいた。

ゴラシュが思わず一歩あとずさりする。

ペリー・ローダンは手ぶりでイルトを黙らせてからいった。

「わが友トロトスはときどき不作法になるもので、ゴラシュ。でも最高の友であることにかわりはない。いつの日か、かれがあなたの友となるように望んでいる。かれだけでなく、わたしとすべてのギャラクティカーも。では、失礼していいだろうか？ 二百の太陽の星を出発し、われわれの故郷銀河のようすを見にいかなければ」

「自由に出ていくがいい、ペリー・ローダン」ゴラシュはかすれた声でいって、トロトを盗み見た。「だが警告する。天の川銀河をめざすな。われわれにとって天の川銀河は存在しないも同然。悪い話しか耳にしていない。天の川銀河に近づきすぎると、永遠の断罪が待っている」

「気をつけよう」と、ローダン。

かれは数歩前に進みでて、グラドに手を差しだした。

グラドがその手を握る。

この握手は友好関係のしるしでこそないものの、その可能性をしめしていた。

ギャラクティカーとハルト人はグラドに別れを告げ、《カルミナ》にもどった。この船でスタートし、失われた者たちの船団にもどるためだ。

途中、バス＝テトのイルナは意識を失った。

*

意識がもどったのは、《カルミナ》が失われた者たちの船団および《ツナミ＝コルドバ》と合流してからだ。

「なにがあった？」成型シートに横たわる彼女のほうにかがみこみ、アトランがいった。

「何分も硬直していたから、最悪の事態を心配したよ。生命維持室の医療深層睡眠タンクにいれたほうがいいかも、とね」

女アコン人は驚いたが、けどられないようにした。

タヴールとチャトマンを見つけたらどう思うだろうと、ひやっとしたのである。

だがそれから思い出した。なぜ二百の太陽の星で意識を失ったのかを。寒気《さむけ》がしてひどく憂鬱だ。

「ナシュレディンのことで」と、小声でいった。「かれは死んだ。かれに〝移植〟したわたしのペド・エネルギーが突然もどってきて、わたしのÜBSEF定数を破壊するところだったわ」言葉がとぎれがちだ。「移植なんてしなければよかった。かれは自分じゃなくなって、ウィリーの秘密通廊のみずからしかけた罠にはまってしまったの」

　アルコン人は彼女を抱きしめてなぐさめた。

「絶望して、さぞかしつらかっただろう、イルナ。くわしい話はあとで聞くよ。ただ、ひとつだけ。アセナスがいっていたが、秘密通廊の罠は命とりにはならないそうだ」

「それはそうなんだけど」イルナが答えた。「ナシュレディンがおかしたミスは、自分が発見したインパルス銃を使って罠から出ようとしたこと。放射エネルギーでかれは気化してしまった」言葉がとぎれた。

「それは事故だ」と、アトラン。「しかたがないことさ。まずは休養するんだ。われわれ失われた者たちの群れは、二百の太陽の星のセクターにあと一日半とどまる。四月二十五日にスタートだ。故郷銀河の方向へ」

　かれの表情がかたくなった。

「〝呪われた者たちの銀河〟へ！」と、いいそえる。

「トロトの戦闘服は？」まだ朦朧《もうろう》とした状態でイルナがいった。

「ここにある。そのうちハルト人も見つかるだろうよ」と、アルコン人は答え、全周スクリーンのフロント・セクターに目をやった。

そこにかれらを待ちうけている未来のヴィジョンが見えるかのように……

虚無のバリア

ロベルト・フェルトホフ

登場人物

ペリー・ローダン……………………テラナー。銀河系船団最高指揮官

レジナルド・ブル（ブリー）………《シマロン》指揮官

イアン・ロングウィン………………同首席操縦士

ラランド・ミシュコム………………同副操縦士

クアンド・ペルスト…………………同格納庫主任

ヴァレリー……………………………同格納庫担当の乗員

ルメス…………………………………同船医

サラアム・シイン……………………オファラー。歌の師

エイレーネ……………………………ローダンの娘

コヴァル・インガード………………惑星ブガクリスの〝蛮人〟

1

過去　NGZ四四七年九月〜四四八年三月

「もうあなたの顔なんか見たくない、残酷な人！」

アミカが怒って玄関のドアのところに立っている。重犯罪をおかした男を見るような目で。ただごとではない。クアンド・ペルストは目で懇願した。結婚契約がまだ二年のこっているが、妻はそれより前に破棄を通告してくるだろう。それがこわい。最悪だ。

「もう一度おちついて話し合えないか、アミカ？」

「いいえ。気が向いたら数カ月後にね」

そのとき、三歳の娘のタルニが家から出てきて、うしろから両腕をアミカの左脚に巻きつけていた。母親に守ってもらいたいのだろう。

「大丈夫だよ、タルニ」と、かれがなだめた。二歩前に出たが、娘があとずさったので立ちどまった。

「ごめん。きみをたたくつもりはなかった。がまんできなくなって」

「いまさらそんなこと」アミカの怒りはかえって大きくなった。「ちょっと待って、クアンド。そこにいて。忘れものがあるから」

　彼女はタルニを片腕で抱き、家のなかへ。クアンドは動かなかった。アミカをさらに怒らせないよう、いわれたとおりにしたのだ。なぜがまんできなかったのか？　かれは毎日五、六時間、自由テラナー連盟、略称ＬＦＴのエンジニア・オフィスで働いている。きょうはハードな一日だった。しかも所長はかれの高い資質を認めようとしない……それで、タルニがかれのプライヴェート端末で遊んで重要な資料を消してしまったと知り、怒りが爆発してしまった。

　自分のせいだ。なぜデータをきちんと保存しておかなかったのか？「クアンド！」アミカが玄関から出てきた。「これ、必要でしょ。じゃあ、もう行って。当分はあなたを見たくない」

　クアンドは彼女が投げつけたものをひろいあげた。クレジットカード。新銀河暦五世紀のテラナーが、地球でどうしても必要な唯一のものだ。クレジットカードさえあれば、それ以外のものは手にはいる。

信じられない思いで、家の出入口から数メートルはなれた石畳にすわりこんだ。彼女の家はいくつにも枝分かれし、透明な部分がふんだんにある構造で、ブルー族の建築家がテラの需要に合わせて設計した。このあたりでこんなに大きな家はない。七百平方メートルの自然庭園まである。地方へ行けばべつだが、何百年も前から上海と呼ばれているこの町の中心地ではまれだ。ここはどこも窮屈な町だから。

クアンドは冷たい霧雨が降りはじめるまで、そうしていた。

「アミカ！　愛してる！　それはないだろう！」

答えはない。しかたなしに近くのヴィジフォン・スタンドへ向かった。ロボット・タクシーを予約し、待っているあいだにグレイの空を見あげる。上空二十メートルにグライダー・レーンがのびているが、いまはなにも飛んでいない。ときどきちいさい個人車輛が通過し、北の方向に消えていくぐらいだ。次にやってきたグライダーがタクシーだった。道路から数センチメートルの位置に浮遊し、乗客席のドアを開けているタクシーに乗りこむ。

「どちらへ？」

「宇宙港LFTエンジニア・オフィスの近くのホテルに泊まりたいんだが」

「しずかなホテルがいいですか？」自動装置がたずねた。「それとも娯楽施設があったほうが？」

クアンドは数秒ほど考えた。家から放りだされたのだから、楽しくやるのもいいのかもしれない。自分にもプライドってものがある。こっちに非があるにしても。「娯楽施設のあるホテルにしてくれ」と、答えた。

タクシーは町の中心部を通過。急に交通量が増え、上も下も誘導システムで制御されているグライダーだらけだ。いまにも衝突するのではないかと心配になる。奇妙だ……たぶんかれの心の状態が反映されているのだろう。

ホテルは、高さおよそ四百メートルの円錐が四本立っているガラス構造だった。この柱のあいだの空中に、巨大なダイヤモンドのようなものがぶら下がっている。着陸前、クアンドはタクシーの端末でデータを調べた。それによればこの円錐は供給室と居住室で、ダイヤモンドは娯楽センターとして増築されたもの。安いホテルではないだろう。だがそれは問題ではない。すくなくともいまは。

数秒後、もっとも高い円錐の屋上で外に出た。こまかい霧雨が顔にあたる。

「ついてきてください」知らないうちに近づいてきた浮遊ロボットがいった。

ロボットはクアンドを円錐のなかにある反重力シャフトへと案内。ホールのような部屋にレセプションがあった。やはり機械制御で、端末付きのシートがいくつかある。クアンドはうわの空のまま部屋をあてがわれ、それからダイヤモンドへ行こうとした。

だが結局、そうはしなかった。

目を閉じて、浮遊カウチに一時間ほど横になり、アミカとタルニのことを考えていたのだ。必要なのは、娯楽センターじゃない。このふたりだ。

「ルーム・サーボ」と、かれはいった。「睡眠薬をたのむ」

＊

翌日、かれは非常に早い時間に職場にあらわれた。

「なにがあった、クアンド？」所長が驚いて書類フォリオから顔をあげた。「いつもはこんな早くきたことがないのに……」

「〝いつも〟じゃないからですよ」かれは、ぼそりといった。数時間寝たのですこしはよくなったが、まだとても冷静にはなれない。「これからしばらく早くきます。それに終業までいますから」

ほかの職員もびっくりしていたが、また書類の山にもどっていった。「忘れる前にいっておくが、きみの端末にメッセージがはいっている。それが終わったら、昨晩遅くについたアコン人貨物船をたのむ。いつもの手順だ」

クアンドはぎくりとした。自分のオフィスに急ぎ、震える手で端末を起動。スクリーンにアミカの顔があらわれた。怒っているようすはなく、声もおちついていて、もう心の整理がついているらしい。

「クアンド」と、彼女は表情を変えずに話しはじめた。「これをあなたが聞いているときには、わたしはもう決断している。いわれなくても、あなたがわたしとタルニを愛しているのはわかってるわ。でもあなたの行為は、わたしたちの愛情を裏切った。タルニをたたいたこと、それを忘れないでちょうだい……

決断というのは、半年間会わないこと。スクリーンごしでもね。それからもう一度やりなおしましょう。あなたがまだわたしたちを忘れてなければ」

考えがまとまらないまま、半時間ほどそこにすわっていた。メッセージがかれをいらいらさせたのだ。武器を買って無差別に人を撃ち殺したり、薬物を過剰摂取したり、そんないかれたことはさすがにしない。だがかれの一部が消えてしまったようだ。

「おい、クアンド！」所長がドアから頭だけのぞかせた。「アコン人が荷おろしをしたいそうだ。きみがやってくれないなら、ほかのだれかを出さなきゃならんが」

「あ、わたしが行きます」

かれはメッセージを消し、搬送ベルトで屋外へ。ゆうべはひと晩じゅう雨に降りこめられた。着陸場は、一辺が十五キロメートルと二十キロメートルの平坦な長方形だ。三分の一ほどがふさがっている。シリンダー型のスプリンガー船、球型船数隻、それにエキゾティックな宇宙船。ポスビのＢＯＸ船も上海宇宙港にいた。この非対称飛行物体は、高さが二キロメートルもある。その横にはトプシダーの紡錘型船。ＢＯＸ船とくらべるとかなりちいさく、華奢《きやしや》に見える。

宇宙港ポジトロニクスは、アコン人にエンジニア・オフィスの建物に近い場所を割りあてていた。クアンドはそこまですこし歩けばよかった。

「お待ちしていました！」貨物船の下極エアロックからインターコスモが聞こえてきた。反重力放射がかれのからだをとらえ、引きあげる。「なにかあります？」クアンドはアコン人をろくすっぽ見ずにいった。自分がどれほど失礼なふるまいをしているか、わかっていない。

「選別したホワルゴニウム鉱石の積みこみをしたいのですが。われわれの倉庫設備をチェックして、充分な装備がととのっていることを搬入元に証明していただきたい」

「形式的な手順ですが」と、かれはやる気のない声で答えた。「それでは貨物室を拝見」

アコン人はかれを案内し、貨物船の完璧な装備をしめした。とくに問題はない。この貨物船が技術的な要件を充たしていることは明らかだ。

「積載を開始してください」と、クアンド。「搬入元にはわたしの端末から通知します。よい飛行を」

アコン人が笑った。「よい飛行？　きょうびの宇宙船は、あなたの仕事と同じように安全で退屈ですよ。〝友好的〟なご挨拶をありがとう」

考えこみながらつるつる滑る着陸場を歩き、エンジニア・オフィスにもどった。アコン人がいったことは、まちがっていない。日々の仕事にはわくわくする刺激がなくて、それをいつもおぎなっていたのがアミカと娘だった。突然わかった。ふたりがいないと、頭がどうかなってしまいそうだ。半年の期間、自分の能力がもとめられているどこかほかのところに行ったほうが、いいのではないだろうか。

一時間もなにもせずにオフィスにすわり、あれこれ考えた。

「クアンド！」

嫌々顔をあげると、所長と目が合った。

「またたのみたいことがあるんだが。手があいているか？」

「ええと」瞬間的にかれは決心した。「残念ですが、ほかの人にあたってください。わたしはやることがありますので」

「やること？　なんだ？」

ちがう状況なら、上司の唖然とした顔を見て腹のなかでよろこぶかもしれない。だが、きょうのかれは説明もなしに立ちあがり、入口でグライダーを呼んだ。行き先は自由テラナー連盟の中央人事オフィス。もう四年間もこの建物にきたことがなかった。アミカと知りあって以来だ。職員はまだかれのことをおぼえているだろうか。

人事部長は変わっていなかった。十分後、クアンドは彼女と会った。

「お変わりないですね、ジャリー」と、かれ。

背の高い黒髪のテラナーは、髪をおおげさな動作でかきあげ、自分のデスクの前のシートをしめした。「すわって、クアンド。結婚契約をむすんだんですって？」

「はい」しめされた場所にすわり、吐きすてるようにいった。「でももうおしまいです。新しい宇宙船を探しているんです。退屈しなくてすむような……」

「なにかを忘れたいの？」

「ジャリー……」

「わたしをごまかそうとしてもだめよ、クアンド。こういうケースの経験は豊富だから」ちょっとほほえんでから、悲しげな目でかれを見た。「なにができるか、考えましょう」

　彼女はクアンドの経歴と資格をすばやく自分の端末に呼びだした。「LFT艦隊に十三年所属。そのうちの二年間は、スペシャリストとしてGAVÖKに出向。《ロードデンドロン》、《フロアクスル》、《ウトファント》にも乗り組んでいた。要するに、LFTの領域ではもっともすぐれた格納庫スペシャリストといってもいい。あなたにぴったりのポストがある。ただ、雇用期間がどのくらいになるかわからないけど」

「いいです」雇用期間のことは心配していなかった。ジャリーが考えている宇宙船が六カ月以上出動していても、かれはさっさとやめ、転送機でもよりの惑星基地に送り出してもらうつもりだ。銀河系のどこかのポイントから家へ帰るだけの経済的な余裕はある。

「あなたを格納庫主任に任命します。新造船《シマロン》のね」

「ありがたい。お受けします。新造船を希望していたんです。心から感謝します、ジャリー」

長身の女はまたほほえみ、答えた。「その必要はないわ、クアンド。自分の力でポストを手にしたんだから。いますぐペルーに行って。時間がそれほどないから」

かれは部屋を出て、窓から家々の屋根を見おろした。いまはＮＧＺ四四七年九月。二月末にはもどれるだろう。

＊

かれは公衆転送機で上海からペルーへ移動した。むしむしした熱気で、最初は息ができないほどだったが、すぐに順応した。行き先は、ＬＦＴ‐Ｔ‐６という名の近くの宇宙港だ。カヤオのパチャカマック造船所で完成した《シマロン》は、そこに輸送されている。

サービス・ロボットがかれをもよりのグライダー・スタンドに案内。百キロメートルほどの移動なので、クアンドは空調装置付きの快適なモデルを選んだ。外は山が多く、遠くには名前がわからない巨大な湖。

「LFT－T－6に到着しました」と、オートパイロットが告げた。

人がいないグレイの平面がひろがっている。五キロメートルはなれたいちばん端のあたりに、小型搭載艇が数機。管制塔に近い中央の位置に、楔《くさび》形の丸太がそびえている。クアンドはこんな宇宙船を見たことがなかった。船尾の断面は、百二十メートル×八十メートルで、船首に行くほど細くなっている。上から見たとしたら、六角形に見えるはず。高さは二百メートルぐらいだ。

「どこに着陸しましょうか？」オートパイロットが質問した。

「管制塔の近くに」

長くのびた建物のウィングの屋上に、パラボラ・アンテナが数本ある。クアンドはグライダーを帰すと、入口を探した。いちばん近くのドアが開いていて、通廊のいちばん奥に管制室があった。二名の要員がすわっている。男はこれといった特徴がなかったが、女はかれの興味を引いた。美しいといえなくもないが、外見にかまっておらず、十二キログラムは減量が必要だろう。

「なにかご用ですか？」男が訊いた。

「わたしはクアンド・ペルストです。《シマロン》の格納庫主任に選ばれました。どうやら間に合ったみたいですね……」

「ぎりぎりだったわね」と、女のほうがいった。「わたしはラランド・ミシュコム。副操縦士で船長代行です。間に合ってよかった、クアンド。あと三時間でスタートするの。いっしょに船内に行きましょう。あなたを待っていたんだから」

かれらが屋外に出ると、雲が消え、太陽の光がさしてきた。クアンドはまばたきをした。建物を半周すると、宇宙船がやっと近くに見えてきた。さすが新造船。外殻にミクロ隕石と宇宙の塵《ちり》による傷がまったくない。

「どこをめざすんですか？」

ラランドはかれをわきからいたずらっぽい表情で見て、いった。「アンテロープは風の道を知っているが、けっして明かさない。古いアフリカの格言よ」

「おもしろい。それ以上はいえないということですね？」

「いいえ」ようやく彼女の大きな褐色の目と黒髪に気づいた。うそのない人だ。だが彼女を好きかというと、わからない。

「なんです？」

「あなた、せっかちなのね。まあ、いいわ。乗員はもうこの宇宙船になじんでいるけれど、あなたはきたばかりだから、まずはヒュプノ学習装置で基礎知識を学んでちょうだい。その先は、宇宙に出てから学べばいい」

かれらは反重力放射でエアロックに引きこまれた。ちょっと見たところでは、船の内部はほかのLFT船とさほど変わらない。クアンドの予想したとおり。新しい技術は、通廊や休憩室ではなく、機械ホールと制御センターに反映されているのだ。

「クアンド、お腹がすいたり、眠かったりということはない？」

「いいえ」

「よかった。じゃあ、最初のレッスンをすぐにはじめて。あとでイアン・ロングウィンがあなたに会いたいそうよ。かれは首席操縦士で船長なの」

彼女は、ナンバー・コードだけが表示されたドアの前まで案内してくれた。クアンドはどうしていいのかわからない。

「なかにはいって」と、ラランド・ミシュコム。「そこにヒュプノ学習装置があるから。はっきりと〝シントロニクス〟といって。そうしたら船載シントロニクスが必要なアドヴァイスをくれる」

「ありがとう。そうします」

「それともうひとつ、クアンド……これからはよく会うだろうから、ララと呼んで」

「それでいいなら、ララ」

かれは堂々と歩いて去っていく彼女を見た。ヒップの肉がちょっと豊かすぎるかもしれない。それでもこれまで会った人は印象にのこっていないのに、彼女はちがった。数秒後、クアンドは覚悟を決めて部屋にはいった。

ヒュプノ・フード付きの十脚の快適そうなシートがならんでいる。操作エレメントは見あたらない。

「シントロニクス！」かれは大きな声でいった。

「はい、クアンド？」感じのいい声だが、人工的だ。

「わたしの個人データをもう把握しているのか？」

「もちろん。上海からあなたの資料が送られてきました」

「じゃあ、用件はわかっているんだな。まずは《シマロン》のすべての区画と新設備について概略を知りたい。そのほかはあとでいいだろう」

「この列のいちばんめのシートにすわってください」

かれは指示にしたがって、腰をおろした。一秒ごとにかれの思考に未知の印象が積みかさなっていく。クアンドは学習し、最初の印象は正しかったと感じた。《シマロン》は驚くべき宇宙船なのである。

＊

「きみの身元調査票は読んだ」と、イアン・ロングウィン。身長一メートル七十センチで、暗いブロンドのこの男は、小声で話す。司令室の喧噪《けんそう》のなかでその言葉を聞きのがさないよう、耳を澄ました。かれのＬＦＴコンビネーションはライトグリーンで、飾りはまったくない。

「内容にご満足いただけましたか、イアン？」

「ああ、たしかに。それに、きのうまでは充分な資質を持ちあわせた格納庫主任がいなかったのでね……きみがきたのはラッキーだった。ただひとつ聞きたいのは、なにに駆られて決心したかだ」

「駆られた、というわけじゃありません。退屈しない宇宙船に乗りたかっただけです」

イアンは疑いのまなこを向けた。「どういうことかな、クアンド。この宇宙船で退屈することは、まずない。きょうはNGZ四四七年九月二日。この宇宙船とその宇宙における挙動を知るまでに、まだ六日の余裕がある。それからハンガイ銀河に向かう」

「ハンガイですか？　わたしも小耳にはさんだことはありますが……」

「われわれは、ハンガイ銀河がほかの宇宙から三角座銀河の近くに転移してきたことしか知らない。あるいはその一部がな。そしてその一部がストレンジネスをともなってきた」

「ストレンジネスというのは知っています」と、クアンド。「そのためにハンガイ銀河には接近できないのだと」

「そうともいえない。ある程度はこの現象に慣れることができる。いずれにしてもためしてみなければ。宇宙船と乗員はひどい負荷にさらされる。退屈どころの話じゃないぞ。とくにそのあとは」

「なぜです?」クアンドは好奇心を丸出しにした。

イアン・ロングウィンは、にやりとした。「LFTがこの宇宙船にあたえた任務は、ふつうとはちがう。われわれは特殊な任務を帯びているんだ。レジナルド・ブルのためにね」

クアンドは息をのんだ。数少ない不死者のひとり、レジナルド・ブル。この先の数カ月は、退屈なはずなどない。最新技術で建造されたこの宇宙船に、危険が迫ることは考えにくいが。

「それでは」と、イアン・ロングウィンは小声でいった。「これからもちょくちょく会うだろう。仕事を楽しんでくれたまえ」

「ありがとうございます」

クアンドは司令室を出て、またヒュプノ学習装置がある部屋に行った。こんどは格納庫とその装備についてくわしく学ぶ。プログラムが終わると、船内のナイト・フェーズがはじまった。かれは自分のキャビンに行き、備品をちょっと動かしてプライヴェートな空間をつくり、前日と同じように睡眠薬をのんだ。

翌日、かれははじめて格納庫セクターを訪れた。《シマロン》は近代的なスペース＝ジェット二機を搭載している。二機は、船尾に近い外殻のドーム形隆起に格納されている。そのほかに亜光速の小型ボート五艇もあった。装置のコンディションはどれも上々。

クアンドは直接かかわりがある乗員と知り合いになった。みな信頼のおける専門家たちだ。かれらを監視するのではなく、全体をうまく調整していけばいいだろう。

夜になって宇宙船がスタートした。

クアンドはちいさな制御室でそのプロセスを追った。《シマロン》は宇宙に滞在するために建造されているが、離着陸もできる。宇宙船はゆっくりと離陸し、宇宙港LFT－T－6から遠くはなれ、数分で軌道にのった。予想したとおり、なにごともなく。

だが、新造船はつねに注意が必要だ。最初の超光速飛行でベガ星系にはいり、さらに惑星オリンプをめざし、最終的に銀河平面上方のポイントへ。九月六日にハンガイ銀河に針路をとり、そこで乗員は未知のストレンジネス値にからだを慣らすことになる。忙しい四週間である。

十月八日の朝、免疫フェーズがはじまった。かれらは星雲の外縁部に向かい、八台の船載シントロニクスにできるだけ多くの職務をゆだね、待った。方向感覚がいちじるしく混乱し、多くの乗員が意識を失い、医療ロボットの手当てが必要な者も出るほど。

だが数時間後、拷問は終わった。クアンドは同じことがまだ何回もあると思うと、恐ろしくてならなかった。十八時間間隔で《シマロン》は目的地への距離をつめ、十月十九日、ついにかれらは弱いストレンジネスの影響に対する免疫を獲得した。

四四七年十一月三十日、この日はレジナルド・ブルがはじめて乗船した日だった。クアンドはなにが起こるのかと期待していたが、不死者に会うことすらできなかった。だが惑星アシュカルの物質シーソーを破壊するさいの出来ごとは、すべてを忘れさせてくれた。ものすごく久しぶりに薬の助けを借りずに眠れたのである。

こうしてハンガイ銀河の第三クオーターが遷移し、《ソロン》および《マイ＝キ》と合流した《シマロン》はベングエルの宇宙船団と遭遇し、惑星ワリキの氷の海で起こった驚嘆すべき出来ごとの生き証人となった。こうした事件で、かれはどれほどタルニとアミカのことを思っていたか、なぜ《シマロン》にきたのかをほとんど忘れていた。あと三カ月したら……転送機で《シマロン》を去り、民間の宇宙船で地球へもどれるはず。だからこそ、一月はじめの出来ごとは、かれを不安にした。起こってはならないことが現実となった。《シマロン》が通常宇宙をはなれたのである。クアンドは、宇宙船が三月までにもどることを願うばかり。三月までだ。それ以上はとても待てない。

宇宙船の現在のポジションでは、転送機が使えない。民間宇宙船もない。ここはタルカン宇宙。かれは故郷から百億光年もはなれているような気分だった。

*

タルカン宇宙に遷移した《シマロン》が最初にめざしたのは、エレゴ星系だった。ここにハンガイ銀河の最後の四分の一である第四クオーターを通常宇宙へ遷移させるプロジェクト基地があったのだ。その後、かれらはペリー・ローダンとアトランの行方をもとめてさまようが、ついに〝永遠なる穴〟、ナコード・アズ・クールでアトランひきいるタルカン遠征隊と合流できた。もう孤独ではない。ドリフェルである永遠なる穴に、ベングエルとジュアタフ・ロボットの巨大船団が集結したのである。何十万隻もの船がイマーゴであるアトランとペリー・ローダンのもとに集まった。だがその理由をクアンドは知らなかった。

かれが知っていたのはたったひとつ。永遠なる穴は、ハンガイ銀河第四クオーターの宙域からかなりはなれていて、二月二十八日までになんとしてもそこに到着しなければならないということ。そうすれば、第四クオーターといっしょに、通常宇宙に帰還できるのだ。もどるにはほかに方法はなかった。船団のほかの船には搭載されていないベクトリング対応グリゴロフにたよるわけにはいかない。

二月末……アミカとタルニとの約束の期限が切れる。運がよければ間に合うかもしれない。

ハンガイ銀河の宙域へもどる飛行について、かれはあまり知らなかった。知っているのは、ベングエルとジュアタフ・ロボットの船団が《シマロン》から針路の指示を受けていることぐらいだが、格納庫主任のかれにはほとんど関係がない。その途上で、集合の呼びかけを受信した船団は、炎の侯爵が死の罠をしかけた宙域にさそいこまれ、炎の嵐によって絶滅の危機に瀕した。クアンドは《シマロン》に乗り組んでからはじめて、大きな不安におそわれた。それでもアミカとタルニのことを考えると、乗りこえることができた。

だが、それにつづく数日間は夢のなかにいるようだった。船内にこれといった変化はない。

遷移は危険な随伴現象もなく、予定どおりだった。にもかかわらず、クアンドはかれと愛するふたりとのあいだには二百万光年以上あると知っていた。とほうもない距離だが、《シマロン》のエンジンなら、二週間以内に容易にこなせる。そうしたらかれは下船し、転送機でどこかの居住惑星かステーションに行き、次の宇宙船を待つだろう……ことによると《シマロン》はテラに直行する。その可能性だってなくはない。

しかし、そうはならなかった。

ドリフェルの反応は、かれにはどうしても理解できなかった。このコスモヌクレオチドは、周辺五千万光年の範囲の自然に対して責任を負っていたのに、突然、なにかが明らかに変調をきたした。クアンドが最後に理解したのは、時空構造の説明のつかない震動だった。

意識を失ったわけではないのに、思考がとまってしまった。ほかの者たちもそうだったのかすらわからない。すべてが終わったとき、世界は変わっていた。クアンドはその知らせを信じたくなかった。しかし、かれは理解した。自分たちは長期間にわたって停滞フィールドのなかにいたのだと。

いまはNGZ四四八年三月ではなく、一一四三年三月十七日……六百九十五年が失われた。徐々にかれはその意味がわかってきた。アミカとタルニはもう死んでいる。

2

バリア

ペリー・ローダンの日記

いまの状況をわたしがよろこんでいるなどというつもりはない。六百九十五年の失われた歳月のあいだに、わたしをふくめて死んだ者はいなかった。だが、われわれの船団の乗員たちはどう思っているだろう？　かれらは細胞活性装置をつけていないし、自分がまだ生きているのに、友や親族が死んでいることになじめない。こうした運命は悲劇だ。われわれの時代にもどる方法はあるのか？　ないだろう。われわれは時間跳躍をしたのではなく、停滞フィールドにつかまっていたのだから。

六百九十五年間……

船内の人間は、わたしに一刻のやすらぎもあたえてくれない。まだあちこちで時限爆弾がかちかちと音をたてている。フェルマー・ロイドとグッキーが仲間にいるのはすばらしい。かれらは力になってくれる。イルミナ・コチストワとオファラーの歌い手サラアム・シインもそうだ。

　なぜこの状態におちいったのか？　これには多くの要因が関係している。

　星々が消え、宇宙が暗くなり、われわれがなにかするより前にベネカー・ヴリングが跡形もなく消えてしまった。いまから五週間前のこと。同時に、われわれにとって貴重なふたつのドリフェル・カプセル、《ナル》と《レダ》も消えた。科学者たちはこのカタストロフィをドリフェル・ショックと名づけたものの、なんの説明もできなかった。

　われわれはなぜそうなったかもわからぬまま、ハンガイ銀河外縁部の未知星系にいた。最初のころは、みなが満足していた。嵐のような出来ごとをへて、とりあえず生きていたのだし。その星系の第二惑星は地球に似ていて、ハウリ人が住んでいた。かれらはコラ人と自称し、十四の〝天の光〟をあがめる変異したハウリ人だった。それはかつて空にあったが、いまは消滅したという。ほどなくその天の光はわれわれの宇宙船だったことがわかった。

　しばらくして、われわれの小船団は自由空間に到達。

　ハンガイ銀河の星々は、船内時計によれば、ありえないほど軌道を進んでいた。もはやNGZ四四八年ではない。三五八八年に導入された暦がまだ有効だとすれば、NGZ一一四三年三月十七日だったのだ。

ショックは大きかった。それから約七百年前に《バジス》が待機していたXドア宙域に飛んだ。メッセージのようなものが見つかるかもしれない。われわれはそうかんたんに忘れ去られはしないだろうから。

だが期待は裏切られた。見つかったのはメッセージではなく、瓦礫《がれき》だった。宇宙船のさまざまな種類の十万個以上の部品と残骸。最初はその出自もわからなかった。のちになって、それは探していた《バジス》だと判明。数世紀にわたって人類のために旅をつづけてきた不死身の宇宙船が、みずからを解体してしまった。とんでもない事実だが、この船はそもそも同じようにして十万個の部品から生まれたことを考えると理解できるというもの。

しかし《バジス》のごく一部は無傷でのこっていた。瓦礫のなかに、現在にいたるまで謎につつまれているハミラー・チューブがおさめられていたのだ。六百九十五年についてなにか証言が聞けるのでは、という期待は裏切られた。ハミラー・チューブは狂気におちいっており、明らかにまちがっている情報しかいわなかったのである。

《バジス》の乗員の手がかりは見つかった。

人々は嵐の惑星ブガクリスに移住していた。分解の前に《バジス》をはなれ、撃墜された搭載艦クルーの子孫である。故郷銀河とそのほかの宙域の状況についても、情報は得られなかった。嵐の惑星の一住人が、現在《シマロン》に乗船していることには大きな意味がある。かれの名はコヴァル・インガード。エイレーネが面倒をみている。

われわれは故郷である銀河系めざしてゆっくりと進むことにした。もしも噂が本当だったら？　予言されたような地獄が本当に待っているとしたら？　ラトバー・トスタンは《ツナミ＝コルドバ》でアンドロメダと銀河系のあいだにある宇宙駅に飛び、ミッドウェイ・ステーションが六百五十年ほど前に破壊されたことを突きとめた。銀河系がからんでいるかどうかは不明。それ以来、マークスはわれわれの銀河系を〝幽霊銀河〟と呼んでいる。

われわれはさらに二百の太陽の星にも進入。

ここでも驚愕の事実が。もともと住んでいたポスビが自分たちの惑星を去っていたのだ。惑星は一見すると無傷の状態で、いまはグラドが住んでいる。かれらはみずからをポスビの管理者といっている。中央プラズマは原郷のアンドロメダにもどり、生体ポジトロン性ロボットは四本腕の預言者のあとについていった。イホ・トロトという名の預言者だ！　トロトはわたしの居所を知っていると強弁し、ポスビを連れていった。

これが現状だ。

われわれは、次は銀河系に行くと決めた。銀河系の状況はだれにもわからないので、用心のしようがない。あるのは噂だけ。われわれは生きのこれるのか？　それとも予言のように死ぬのか？　われわれの故郷は幽霊銀河の封鎖ゾーンなのか？　どうなのだろう。おそらくすべての噂は真実ではなかったと判明するはず。わたしには〝わかる〟。

いや、わかってはいないのだが、そう願っている。

それ以上考えると、時間跳躍で友や親族を失った者たちと同じ気持ちになる。絶望だ。だが、希望は着想の父。絶望してはならない。細胞活性装置を保持するわたしは二千歳をこえた。わたしは手本なのだ。

人々は手本にはあらがえない。だからこそ、わたしは冷静をたもち、カタストロフィがあっても人生はつづくことをみずからの行動でしめさなければ。規律がきびしくない任務は容易に成しとげられるかもしれない。だがそれではいけないのだ。

銀河系はどんな状況なのだろう？

停滞フィールドに閉じこめられなかった細胞活性装置保持者たちはどうなった？　ジェフリー・アベル・ワリンジャー、ガルブレイス・デイトン、ホーマー・G・アダムス、ジロワ・ダントンは？　ロナルド・テケナー、アラスカ・シェーデレーア、デメテル、ジェニファー・ティロンはまだ生きているだろうか？　わたしにも寿命がつきれば死んでしまう友がいる。だがわたしの友は、もしかすると時間を克服できたのでは。そのことがわたしの帰還を容易にしてくれるかもしれない。

最後に思うのはゲシールのこと。わたしにとってかけがえのない彼女はどこに？　死んだはずはないとはっきり感じる。

星間か、あるいは星々の上で、彼女はわたしを待っている。いつの日かわたしは彼女を見つける。そこに疑いの余地はない。

*

ローダンはバスルームの乾燥室から出てきて、《シマロン》のひろびろとした自分のキャビンで朝食を用意した。現代の宇宙船では、乗員は窮屈なキャビンに住まなくてもいい。かつては深刻な問題だった食糧供給も改善された。進歩したのはエンジンや兵器だけではない。今日《こんにち》では、リサイクル装置がなかなかの朝食を提供するまでになっている。

〝今日〟では……

いまは新銀河暦の一一四三年。昔の暦では四七三〇年だ。ショックをすでに克服したように見えるが、かれの潜在意識は、まだそれを受けいれるのに苦労していた。

自分の第二の皮膚になっているネット・コンビネーションを身につけ、キャビンの外の通廊に出た。近くにはだれもいない。宇宙船は千二百五十名の乗員でいっぱいなのだが。千名ほどのテラナーのほかは、アルコン人、エプサル人、ブルー族、そのほかのギャラクティカーたちだ。

司令室に向かう反重力シャフトは混雑していた。降りるとき、ローダンはうわの空のままふたりの女性にほほえみかけ、先に行かせた。個人的にではないにせよ、だれもがローダンを知っている。かれならカタストロフィをもとにもどしてくれるのでは、と期待しているのだ。でも、どうやって？　ローダンは自問した。いや、過去ばかり振りかえってもしかたない。過去は、現在の状況を解明する場合にかぎって重要だ。

「やあ、ペリー！」

レジナルド・ブルがかれに気づき、反重力シャフトの前に人が群れているというのに、こっちにこいと手招きしている。ローダンは緊張を見せまいとした。司令部を横切ろうとしているエルトルス人を注意深くかわし、旧友の隣りにすわる。ブルは赤毛を何日もくしけずっていないように見えた。だがそう見えたのは、かれが興奮していたから。

「あと十分です、ペリー！　いいタイミングであらわれましたな。超光速段階はすぐに終わり、ハイパー空間から、銀河系外縁部の手前六千光年の位置に出ます。例の噂の真相がわかるかもしれない」

「なにもないことを祈っている、ブリー」

ブルは怪訝《けげん》な顔をした。「なにかあるはず。火のないところに煙は立たないっていうじゃないですか」

「たしかに。だがわれわれは慎重にアプローチするのみだ。大切なのは、乗員が変調をきたさないこと。それさえなければ、この船団はまず大丈夫」

ブルの答えはよく聞きとれなかった。かれはローダンの言葉をいつわりの確信だと思ったのである。

ローダンは司令部のようすを見守っている。船長兼首席操縦士のイアン・ロングウィンは、全員に持ち場につくよう命じた。司令室の要員と、あと数名だけがのこった。司令室は長さ十五メートル、幅十メートルの楕円形で、壁一面に制御装置がある。その前にはそれぞれのスペシャリストが立ち、あるいはすわり、計器をじっと見ている。中央の司令スタンドには、イアン・ロングウィン、ラランド・ミシュコムら本来の船の指揮要員がすわっていた。かれとレジナルド・ブルもあとでそこにすわることになるだろう。

「あと一分」

ローダンはその声に聞きおぼえがなかった。

なにごとも起こらないよう祈りつつ、まだなにも表示されないスクリーンをじっと見つめる。噂によると、銀河系は完全な密閉状態らしい。一銀河を密閉するなんて、可能なのか？　ギャラクティカーの最新技術をもってしても無理だ。だが、知性的な種の着想というものはつきることがない。エスタルトゥの助けを借りて異宇宙に遷移したカルタン人の例があるじゃないか。

「時間だ！　出るぞ！」

全周スクリーンは、色とりどりの乱れた画像でなく、鮮明な画像をうつしだしている。

光と星雲からなる巨大な円盤のような故郷銀河が画面のほとんどを占めていた。ローダンはその遠景だけで宇宙船のポジションがわかった。〝上〟から見た銀河のウェストサイドだ。六千光年の距離にハロー部の第一星雲がある。厳密にいうとそれは銀河系の前にあるが、宇宙船の視点だと故郷の一部ということになる。

「これといった探知結果は出ていません」と、船長代行のラランド・ミシュコム。「まだ遠すぎるのでしょう。カエルはハエを見ていますが、池のなかにいるかぎりハエにはとどきません」

「やめてくれないか、ラランド」イアン・ロングウィンが怒っていった。

「どういうことでしょう」ふくよかなラランドが無邪気に答えた。「イアン、これは……」

「……古いアフリカの格言だろ」

司令部にいた数人がくすくす笑った。ローダンは、自己流の格言がほかの人間の神経をどれほど逆なでするか、よく知っている。

その横でレジナルド・ブルが立ちあがり、あらたな指示を出した。「この位置からうまく探知できないようなら、さらに接近する。イアン、ハロー部でもう一度中間静止できないか。できれば太陽系から二万五千光年の位置で。そこで位置を確認し、同時に通信を試みる」

イアン・ロングウィン、ラランド・ミシュコム、そのほか数名のスペシャリストは、すぐに仕事にとりかかった。八台のシントロニクスの結合体を使って、あらたなコースを決め、天文データと比較し、エンジン・セクターに待機の指示を出す。

ローダンは喧騒からちょっとはなれた位置にある小型スクリーンにブルと移動し、銀河系の拡大画像を見ていた。「気にいらないな」と、かれはいった。「たしかにかなりの距離があるが、多少のシグナルは探知できるはずなのに」

ブルは横からかれを見た。「あなたのことはよく知っています、ペリー。なにかたくらんでいるんでしょう？」

「そうだ」ローダンは乾いた笑いを浮かべた。「銀河系が封印されているという噂は、額面どおりに受けとらなければなるまい。もしも危険が存在するのなら、それを事前に認識できたということ。〝銀河系からもどってきた者はいない〟と多くの者が主張している。こうしよう。次の超光速飛行では、われわれふたりがイアンとララとともに司令スタンドにすわる。ボタンひとつで逆操作ができるようにするためだ。そうすれば《シマロン》は自動的に針路を変更し、数百光年分、反対方向に移動できる。わかったかな？」

「はあ」ブルが半信半疑で答えた。「わたしはけっしてものわかりが悪いほうじゃないんですが、そうしたらどうなるんです？」

「安全率が高くなるのさ。それだけのこと」

「お好きなように、ペリー」

ブルは背を向け、シントロニクス結合体のプログラムを修正した。「あなたの提案を補強しておきましたよ。船団のそのほかの十二隻も同じ動きができるように。次の航行はシントロニクス制御とします」

「すばらしい」

ローダンは自分が緊張していることを気づかれないよう、必死だった。なにかがいまにも起こりそうな気配を感じる。次の超光速段階がはじまる直前に、かれはラランド・ミシュコムの隣りにすわった。赤い発光ダイオードが、緊急時にかれが操作するスイッチをしめしている。

「出発の準備完了です」と、イアン・ロングウィン。「次の通常空間への復帰位置はハローのなかです」

スクリーンがふたたびちらちらした。《シマロン》はハイパー空間にいるということ。ローダンは一瞬たりとも気をゆるめなかった。見せかけのおだやかな表情とは裏腹に、とほうもない恐怖を感じていたのである。

*

なにごともなく一時間が経過。《シマロン》を揺るがす爆発も、耳をつんざく騒音もなく、かれがひそかに恐れていた事態にはいたらなかった。予想がはずれてもとくに驚きはない。なにしろまだ本来の銀河系領域にも到達していないのだから。

「通常空間に復帰」と、イアン・ロングウィン。「全ステーション、配備につけ」

ローダンは、この男は冷静をよそおっていると感じた。《シマロン》でかれが怒ったりいらいらしたりしているところを見たことがない。ただの一度も。ただしロングウィンは皮肉を好む傾向があった。

「ほら！」

全周スクリーンに星々がうつしだされた。銀河の外縁領域では、星々はそれほど接近していないが、明るい星団のエリアはある。ローダンは表示器にすばやく目をやった。かれらは計算された針路を正確にとり、太陽系から二万五千光年はなれたハローのなかに出た。

レジナルド・ブルは、船団ののこり十二隻と交信。「すべての探知機はここから調整し、受けとったシグナルは一括して《シマロン》で分析する。だが、しっかり目をあけておけ。人間の目のほうがコンピュータよりよく見えることもあるからな」

ブルはシートに背をあずけ、ローダンを横から見た。「いまはただ待つのみですな。どんな予感がします？」

ローダンはほほえんだ。「われわれが待機しているかぎり、かれらはなにもしない。ここでは危険はないだろう。マークスやグラドたちが恐れていることが、遅れて起こるかもしれないが……ブリー、きみのいうとおりだ。しっかり目をあけておかないと」

数秒後、最初の探知結果がとどいた。広範囲にわたって宇宙船の動きはない。めずらしいことだ。かれらの探知システムはかなり高性能なのだから。

「交信の状況は？」と、レジナルド・ブルの大きな声。司令室のだれもが考えていたことだ。

「いまのところ、なにも」ラランド・ミシュコムが答えた。いつもとちがって例の〝格言〟をいいそえるのを忘れている。「通常通信もハイパー通信もだめです。もうすこし待ちましょう。銀河系はハイパー通信技術も探知技術も死んでいるようすで」

五分ほどシートにすわったまま動かなかったローダンが、やっといった。「ごまかすのはやめよう。交信をどうしてもキャッチできないのなら、なにもないということ。あるいは、遮断されているのかもしれない。技術的に考えて、われわれの存在をすぐに探知するのは、たやすくはないものの」

「追加の探知情報です」ラランド・ミシュコムがデータ・スクリーンに目をやりながらいった。「七百年前に宙航種族がのこしたようなハイパー物理学的現象はまったく見つかりません。銀河系は墓場のしずけさです。幽霊銀河の噂は、でっちあげではないのかも」

「なんでそんなことがいえるんだ！」ローダンの知らない男が叫んだ。

《シマロン》の司令室は、騒然とした雰囲気につつまれた。最悪の事態が現実になり、銀河系からもどってきた者はいないという諸種族の言葉を信じざるをえなくなるとは。イアン・ロングウィンもレジナルド・ブルも動揺をかくせなかった。司令官の声も全員にとどかない。

　ローダンが立ちあがった。

かれは司令室の中央にある台座に立って、混乱している乗員らを見おろしていた。一同はしだいにしずかになり、かれを見た。まだ自分のカリスマも捨てたもんじゃない、とローダンは思った。

「性急に結論を出さないほうがいいだろう。異常な状況が待ちうけていることはわかった。数時間あるいは数日たてば、なにが起こったかがわかる」

「さあ、みんな仕事にもどってくれ」イアン・ロングウィンがおちついた声でいった。「銀河系内部に向かって一万光年の距離を移動する超光速航行の準備をする」

　一分後、ローダンが平穏な日々に見慣れている光景がもどった。かれはブルといっしょにまたラランド・ミシュコムの横に陣どった。人々の神経は予想以上に疲れきっていた。ＬＦＴ宇宙船には、かつてのような軍隊ふうの規律はなかった。今日では人々をおちつかせるために必要なのは、命令ではなく説得なのである。

「このようすを見て思うのですが」と、ブル。「ほんものの危険が迫ったら、かれらはかえって冷静になるかもしれませんね」

「六百九十五年のせいだよ、ブリー。だれも耐えられるものではない。われわれ活性装置保持者はべつだが」

「残念ながら……銀河系にもどれたとしても、十三隻の宇宙船の乗員はみな異人。あなたとわたし、そして数名の不死者は、さらに未知な存在ですが、それはいつものこと」

ローダンは答えなかった。友のいうとおりだからだ。二分後、《シマロン》は船団を組んでふたたびハイパー空間飛行にはいる。シートの前の計器盤で赤い発光ダイオードがちらちら光っている。これが復帰スイッチだ。

「準備！」と、イアン・ロングウィン。「時間だ！」

ローダンはシートの背によりかかり、運動をして手足の筋肉をほぐした。いよいよだ。悪い予感がする。ローダンはスクリーンに目を凝《こ》らしながら考えた。神経の乱調か……しかしそうではなく、かれは興奮と予感をうまく切りはなすことができた。

「突入！」

なにも起こらない。テラナーは周囲を見まわし、司令室要員のようすを分析した。だれもが不安そうだが、それは数分前に支配的だったような絶望感ではなかった。かれは目のすみでスクリーンになにかを見ただろうか？　いいや、ハイパー空間の光学的検出映像は人間が理解できるような結果をもたらさない。それでも、なにがあったのか？

おそらくなにもなかったのだろう。

ブルがなにかいった。ローダンにはその言葉が理解できなかった。音が意味をなさない。未知の影響が自分の意識にはいりこみ、勝手に思考をいじっているような感じだ。〈耐えられない〉とかれは考えた。

完全に正気を失う前に、赤い光がかれの知覚にはいってきた。いったいなんだったのだろう？

「ブリー！」かれは叫んだ。あるいは叫ぼうとしただけなのか？　もはやよくわからなくなって、ローダンは自分の時間感覚が混乱していることに気づいた。数時間だと思っていた時間は、せいぜい半秒だった。

ローダンはありったけの力を振り絞って腕をあげ、赤い光源の上に落とした。次の数秒間は意識がとんでいた。

＊

そのあとでかれが最初に見たのは、また赤い光だった。混乱のきわみだったにもかかわらず、重要なことに思考を向けることができた。問題のボタンはしっかり押しこまれていて、その操作は自動的に船団のすべての宇宙船に逆操作を引きおこした。

一同に目をやると、この影響下で苦しんでいるのはかれひとりではなかった。司令室要員の一部は、なにが起きたかまだわからないようす。ほんの一瞬だが、未知の力が自分の意識に襲いかかり、その機能をおびやかしたことをかれは感じていた。

「なにが起こったんだ？」隣りのレジナルド・ブルがそういって右手で頸筋をこすっている。「ペリー！　逆操作スイッチを押したんですね！」

「当然だ」

「そうですが……イアン、直近五分間のシントロニクスの分析をすぐに調べろ」ブルは顔面蒼白だ。未知の脅威から間一髪で逃れたということが、ようやくわかったのかもしれない。「われわれがほとんど理性を失っていたとしても、計測器は自動的に記録しているからな」

「確信を持ってそういえるか」と、ローダンが小声でいった。「なぜわたしがスイッチを操作しなければならなかったんだ？　なぜシントロニクス結合体がそれをしなかった？」

「どういう意味ですか、ペリー？」ブルは怪訝な顔でかれを見た。

「いや、べつに、ブリー。イアンがなんというか待ってみよう」

数秒で結果が出た。イアン・ロングウィンは結果を公表した。ローダンはそれが賢明なことかどうかわからなかった。だがいずれにせよ、秘密は守れないだろう。

「聞いてほしい」と、船長。「分析結果が出た。船載シントロニクスはおよそ半秒間、まったく使いものにならなかった。この半秒は、ペリーの卓越した反応時間と一致する。シントロニクスは、われわれ同様に精神錯乱の影響を受けたことになる。その意味するところははっきりしている。われわれが聞いた悪い噂は、根も葉もないこととはいえなくなった」

司令室の静寂はわかりやすかった。一同の落胆は時間を追うごとに深まるばかりだったのである。

「もう一度、根拠のない推論をしないように警告する」と、ローダン。「決定的なことはなにも起こっていない。銀河系外縁部のかぎられた領域で、なにかがわれわれの進入を阻《はば》んだということ。ほかの場所はちがうかもしれない」

「それをはっきりさせよう！」ブルが大声を出した。「そうかんたんにはあきらめない。必要なら、もう一度やってみる。何度でも。約束しよう。われわれは銀河系に進入する！」

ローダンは、この旧友が正しいと願うしかなかった。すくなくとも、六百九十五年前には存在しなかったなにかがあることはわかった。それはバリアなのだろうか。通りぬけられる場所があればいいのだが。バリアの範囲がそれほどひろくなかったら？　だが、そうは思えなかった。

〈銀河系からもどってきた者はいない〉

噂ではそういわれている。

〈銀河系は〝幽霊銀河〟だ〉

噂にすぎないのだろうか？　そうではあるまい。これほどスケールの大きな噂などあるはずがない。

3

《ハーモニー》

エイレーネは不機嫌な表情でかぶりを振った。

「コヴァル・インガード」と、彼女。「どうしようもないわね。あなたは自分のちいさな惑星にいるわけじゃないのよ。ここはもっとたくさんの惑星があるひろい宇宙で、それぞれの惑星に奇蹟がある。ここ大宇宙では、被造物に対して謙虚でないと。知っていると信じていたことが、突然、誤りだとわかることもある。自分の偏見のせいかもしれないし」

「説得しようとしているのかい」と、インガード。「わたしはわたしなりにものを知っているつもりだ」

ブガクリスの〝蛮人〟は、身長一メートル六十二センチのちいさな男だった。やせているがいかり肩でタフな感じ。故郷惑星の服を愛用し、上着とズボン、サンダルにドラゴンの革のヘアバンドというスタイルで、《シマロン》のコンビネーションを着たことがない。肩までとどく銀髪は、黒い目と魅力的なコントラストをなしている。

「もう一度いうわ、コヴァル。あなたはカルタン人を知っていると信じている。これまでずっとかれらを奴隷商人として見ていて、そればかりか自分も奴隷になった。かれらの文明を経験し、ひどく搾取された。でもそれはカルタン人の一部にすぎない。わたしは人類の悪い噂も知っているけれど……」

「わたしは信じない、エイレーネ」インガードはからだをかたくしていった。「たとえばサショイ＝カルタン人だが……」

「父とわたしの友から聞いたことがあるの。四千年か五千年前に、独裁者が自分の国の新生児を皆殺しにしたんですって。自分をおびやかすであろうたったひとりを排除するためにね」

「信じられない！」インガードは蒼くなった。

「でもそうなの。二千年前、わたしたちは地球上だけで暮らしていた。利欲にかられて戦争が起こり、何百万人もの犠牲者が出た。しかも同じくらいの数の人が飢餓に苦しんだ。ほかの場所ではあまって困っていたのに。それからイラチオ・ホンドロという人物があらわれ、数千人もの人に麻薬をあたえた。したがわない者には死が待っていた。そしてまた数年後には……」

「もういい！」

コヴァル・インガードは、エイレーネをにらみつけた。

「きみがなにをいいたいのかわかるよ」と、おだやかな口調になって、「カルタン人もわれわれと大差ないといいたいんだろう。だがきみは、サショイ帝国にいたことがない。自分がなによりも愛している者を奪われたことがない。想像してごらん、エイレーネ。たとえば、カルタン人がきみの父親を鎖でつないだとする。かれを救うためにきみは出かけた。だが目的地につく直前に、かれは殺されたとわかった」

「そういう状況なら考え方も変わるかもしれない」と、彼女。「でもだからって、わたしが長いあいだ思いちがいをしていたことになるかしら」

「わかってきたじゃないか！」かれが勝ちほこっていった。

「いいえ、ちがうの。あなたの立場が正しいといったんじゃない。もしもわたしが反対の証拠をしめしたらどうなる？」

「きみにとって重要なことなんだね」

「ええ」エイレーネはかれの表情をうかがった。インガードの誤解を放置しておくわけにはいかないのだ。「あなたが偏見を持ったままで、カルタン人とのたった一度の経験を種族全体に当てはめるのはよくない。ここはちいさなブガクリスとはちがう。《シマロン》なのよ。きょうはここ、あすはあそこと、移動できる。硬直した考え方しかできない人は救いようがない」

「ふむ」

彼女はあきらめ顔で、頑固な男の隣りのシートに身を沈めた。コヴァル・インガードはおろかではない。むしろ逆だ。かれはこの未知の人工的な生活空間を自分のものにすることで、知性と勇気を発揮した。ではなぜ単純な思いちがいに気づこうとしないのか？　きっとトラウマのせいだ。インガードは四年間も奴隷だったのだ。

彼女の表情がふと明るくなった。

「わかった」と、エイレーネ。「そうじゃないっていう例を、あなたに見てほしい。わたしたちの船団の《ハーモニー》には、カルタン人が十三名いる。カルタン人が想像とはちがうことを、あなたに見てほしい」

「そうまでいうなら」と、インガードはため息まじりにいった。「でもひとつだけいっておく。いまいましいサショイ人がわたしに近づいてきたら、殺してやる」

＊

銀河系から九十万光年はなれた地点で位置確認航行中に、エイレーネはサラアム・シインとコンタクトした。歌い手は友好的な和音で応じた。

「どんなご用ですか、エイレーネ？」

「じつはここにコヴァル・インガードという名前の〝患者〟がいるんですけど」と、彼女はからかうようにブガクリスの男を横目で見た。「かれはカルタン種族を誤解しているので、そちらに行こうと思いたちました。《ハーモニー》船内にはカルタン人が十三名もいるから、かれらを見ればコヴァルの誤解が解けるのではと。そちらの船を《シマロン》に接近させ、わたしたちを受けいれていただけます？」

「もちろん」と、オファラーは歌った。「ただちょっと問題が。いまカルタン人は《ソロン》船内にいるのでね。ここは改造工事中で、いるのはわたしとダオ・リン＝ヘイのみ。彼女に訊いてみるとしよう……」

「それはご親切に」と、エイレーネが答えた。

名歌手は数秒間ほど消え、それから女カルタン人が同意したと伝えた。「十分後に移乗できます」と、かれは締めくくった。

画面が暗くなった。

エイレーネは立ちあがり、インガードにいった。「これでいい。出かけましょう。あなたがダオ・リン＝ヘイに襲いかかったのは知ってるわ。だから気をつけて」

インガードはぶつぶついいながらも同意した。

かれがエイレーネといっしょに反重力シャフトに乗るまでに、またいつものようにひと悶着あった。このLFT船の最新技術をかれは信用していないのだ。ほどなくふたりは《ハーモニー》に移乗するための人員用エアロックについた。宇宙船は約束の時間に到着。同時に自動エアロック装置がシグナルを出し、反対側に衝撃フィールド・トンネルができたことを知らせる。ハッチが開いた。

エイレーネたちは牽引フィールドにつつまれ、反対側に引っぱられた。

「船内にようこそ」と、名歌手が歌っている。友好的な和音が歓迎ムードを盛りあげる。

「ダオ・リン＝ヘイはすぐにくる」

かれらはボウル形の床に立った。《ハーモニー》は円盤船で直径四十メートル。エイレーネは、このボウルの上縁が環状プロジェクターになっていることを知っていた。ここではオファラーは自分の歌にプシオン・エネルギーをおぎない、ボウルの内部を好きなようにデザインできる。

「そっけない出迎えで申しわけない」エイレーネもコヴァル・インガードも文句をいっていないのに、サラアム・シインがいった。

すぐに周囲に彼女が惑星サバルで見た風景が生じた。前方には入江の幻影がのび、後方は樹木でおおわれた山。温度も故郷惑星の熱帯のように上昇した。環境が不快だと感じると、インガードは無愛想になる。エイレーネは、かれがダオ・リン＝ヘイの話をきちんと聞いてくれるよう願うばかり。

かすかな足音がしてカルタン人がやってきた。

「どうも」と、彼女はインターコスモでいった。「こんにちは、エイレーネ。そっちはコヴァル・インガードか。また会ったな」と、エイレーネの同行者を無表情で見ている。サラアム・シインはその場の雰囲気をなごませる歌をうたった。それはシオム・ソム銀河の紋章の門の歌で、エイレーネはこの難曲を名歌手の環状発話膜から聴けることをよろこんだ。ほんのひととき、彼女は家にいるようななつかしい気持ちになった。だが自分にとっての家とは？ ネットウォーカーの惑星サバルか、それとも自分が育ったハゴンの町か？ あるいはたくさん話を聞かされた地球だろうか？

「お願いがあってきました」彼女はサラアム・シインの最後の音が消えてからいった。「ダオ・リン、コヴァル・インガードにカルタン種族について話してください。サショイ＝カルタン人がカルタン人のちいさな分派にすぎないことをわからせてほしいんです」

「なんのために？」ダオ・リンが挑発的にたずねた。「この男は聞きたそうに見えないが」

「わたしのために話してください」

「そういうのなら」と、ダオ・リン＝ヘイはため息をもらした。「すわろう。サラアム・シインが美しい風景を映写してくれる。コヴァル・インガード、わたしの話はたいそう長くなる……」

エイレーネはこの女カルタン人の話をすでに知っていたが、よろこんで耳をかたむけた。ダオ・リンはすばらしい語り手なのだ。超越知性体エスタルトゥが彼女の種族を助けにくると決めた話、そして五万年前の出来ごと。さらに《ナルガ・サント》、三角座銀河移住、毒呼吸体戦争について……そして停滞跳躍の前の時代へ。

「六百九十五年前、カルタン人は変革のさなかにあった」と、彼女。「家父長制のカルタン人は、三角座銀河で母権制を知った。われわれはすべての命をおびやかす危険から、逃れてきたところだ。それがいまの状況。噂を聞いたことがあるかもしれないな、コヴァル・インガード。恐ろしい戦争があちこちで起きていると。こうしたなかでたくさんの変化があった。人類だけじゃない。あなた自身の経験からわかるだろう。カルタン人も例外ではない。かれらも残酷な環境の申し子だ」

「あなたはサショイ人の弁解ができるのか！」インガードが語気を強めた。

「かれらの弁解はしない」ダオ・リン＝ヘイがおだやかにいった。そんな口調で話すのははじめてだ。「わたしはかれらについて説明するだけだ。だが、ひとつだけ信じてほしい。チャンスさえあれば、サショイ帝国の状況は終わる。わたしの約束だ」

「自分でも信じていないくせに」インガードは吐きすてるようにいった。

「残念だがそうかもしれない。わたしは宇宙の歴史を見てきた。われわれはちいさな存在で、なにものでもない。でも〝試みる〟ことはできる！」

エイレーネは思った。ブガクリスの男はダオ・リンの言葉をまずじっくり考える必要があるだろう。「きょうのところはこれで充分」と、彼女。「もしよければ、あしたもきます」

「あしたは、はじめて銀河系へ突入する日」と、女カルタン人。

それまで黙っていたサラアム・シインが、激励するような和音を発した。「それはさまたげにはならない」と、かれ。「《ハーモニー》船内でもともに体験できる。こちらは歓迎する」

「ありがとう、名歌手」と、エイレーネはコヴァル・インガードとダオ・リン＝ヘイに視線を送った。そして最後に決心したようにオファラーを見て、こうたのんだ。「わたしたちが船内にきたとき、歌ってくださった、あの……」

「紋章の門の歌か？」

「ええ。とても美しい歌。もう一度歌ってくださる？」

「たいへんな名誉だ、エイレーネ。ほかの人をよろこばせるために最後に歌ったのはいつだったろう？　もうずいぶん前になる。それはわたしにとっては不名誉なこと」

かれは首のつけ根の環状発話膜に何回か空気をいれ、最初のメロディを歌った。エイレーネはインガードとダオ・リンのことをすっかり忘れ、プシオン性音響のカノンにひたった。二メートルの距離にいるかれは、赤い樹皮状の皮膚、十二本の触腕、器官房、有機オルガンを持つ異種生物だが、その音楽はあくまでも美しかった。

＊

「力になれなくてすまん、エイレーネ」

「なぜだめなの？」と、彼女。父の答えをそうかんたんに受けいれるわけにはいかない。

「つまりこういうことだ。われわれは銀河系に向かう最初の探知ポイントをすぎたが、なんの成果もなかった。乗員たちのあいだでは不満がくすぶっている。だからコヴァル・インガードのことまで心配できない。それに」と、かれはほほえみながらいった。「きみはひとりでもやれる。わたしは確信しているよ」

「あなたの助けがあれば、もっとうまくいくのに」

「それはできない、エイレーネ」とりつく島もない口調。こうなるともう無理だ。「司令室までいっしょにくるかい？」

「すこしだけね。そのあとコヴァル・インガードと《ハーモニー》に行くの。銀河系への進入をサラアム・シインといっしょに見とどけると約束したから」

ふたりは中央反重力リフトまでしばらくいっしょに歩き、それからべつべつの方向に分かれた。ペリー・ローダンは司令室に向かい、彼女は船尾のシャフトをあとにした。どこも緊張感がみなぎり、人類もギャラクティカーもぴりぴりしている。計画どおりにすべてが進めばいいのだが……本来なら、故郷銀河にいるというだけでほとんどの者は安心できるはずなのに。

失われた六百九十五年はなんだったのだろう……

「ああ、コヴァル・インガード！」

ブガクリスの男はすでに約束の場所で待っていた。かれはいつものように故郷惑星の革の服をまとい、エイレーネにはよくわからない芳香を放っている。数分後、ふたりはならんでエアロックに立っていた。ここでオファラーがかれらを受けいれてくれる。サラアム・シインは約束した時間にあらわれた。

かれらは《ハーモニー》に乗りこんだ。高い室温とハゴンの町のプロジェクションにかこまれて、かれらは腰をおろした。初日と同様、ダオ・リン＝ヘイは遅れてやってきた。もと全知女性は、心理的な作戦にも長《た》けているのかもしれない、とエイレーネは考えた。その意図はよくわからないが。

「こんにちは」と、女カルタン人。

サラアム・シインが友好的な和音で相づちをうった。

ダオ・リン＝ヘイは話を再開。今回はカルタン人同士の文化のちがいがおもなテーマだ。このテーマについてエイレーネはよく知らなかったので、興味津々《きょうみしんしん》で耳をかたむけた。インガードは偏見がなくなってきている。本人は意識していないかもしれないが、エイレーネはかれの反応をしかと見ていた。こわばっていたかれの姿勢は、いつのまにかリラックスしてきていた。さいわいなことにほかのカルタン人たちはまだ《ソロン》にいる。インガードも相手がひとりのほうが、負担がすくなくてすむというもの。

「話の腰をおってすまないが」と、サラアム・シインが歌った。「進入まであと五分だ。こっちのほうに集中しようか？」

「たしかに、名歌手」ダオ・リンが答えた。「わたしは一部始終をつぶさに見とどけたい。観察するのにいちばん適しているのは《ハーモニー》の司令室。だれかくるか？」

だれも反応しなかったので彼女はいった。「ではひとりで行ってくる」

「好みはいろいろ」と、サラアム・シインが短いメロディでいった。「わたしのお気にいりの場所は、プロジェクター・ボウルのなかだ。星空のもとがいい者もいれば、映写した風景のなかがいい者もいる」そういって、かれは十二本の腕のうちの数本を上にあげ、ほんものさながらの入江と丘をしめした。「カルタン人は技術を偏愛し、わたしは自然を偏愛する」

「わたしもだ！」コヴァル・インガードが同意した。

エイレーネは、かれがサショイ人とカルタン人に対していつもの自説を述べなかったことに満足していた。このままダオ・リン＝ヘイの話を聞きたかったので、中断は残念。

「あなたは操縦しなくていいんですか？」彼女は名歌手に訊いた。

「必要ないのだ、エイレーネ。《シマロン》が船団のすべての宇宙船を自動制御している。それにわたしはパイロットじゃない。歌い手だ……」

「歌がうまいですね」と、インガード。エイレーネは、かれがかなりの決意で賞讃を述べたことに気づいていた。

「ありがとう」サラアム・シインの声が、突如としてヴァイオリン四重奏のように響き、ひとつのインターコスモの単語が何十ものヴァリエーションでくりかえされた。〈なんという名演〉と、彼女は感心した。〈インガードはかれの自尊心をくすぐったみたい〉

「提案なんですが」と、彼女はいった。「この待機時間を利用してあなたの歌を聴けるでしょうか?」

「もちろん、よろこんで。法典守護者の歌、ソム人とパイリア人の歌、そしてプテルスという古代の歌をうたいます」名歌手はおさえた調子で歌いはじめ、だんだんに音量をあげ、最後には《ハーモニー》のプシ・レセプタが歌唱した。それはとてもすばらしく、ほんもののオファルの合唱団となんら変わりがなかった。

ほかの宇宙船では、こんなことをしているひまはないだろう。成型シートに安全ベルトを締めてすわり、不安と希望を味わっているのではないか。《ハーモニー》には、銀河系を故郷と結びつけて考える者がいなかったのである。

「……そこでパイリア人は、ソム人法典守護者に助けをもとめようと決め」と、オファラーは歌った。「その決断は……という名のソム人……」

ここで歌がとまってしまった。エイレーネは胃が裏返って内容物が出てくるような感じがした。彼女の思考は一直線には進まず、前へ、うしろへ、前へ、うしろへ、そしてまた前へと、断続的に動いている。

「……という名のソム人という名のソム人」名歌手の環状発話膜がくりかえす。プシ・プロジェクターのコーラスが突然おかしくなった。「…という名のソム人名のソム名のソムソムソムソム……」

エイレーネは正気を失った。

なにかが起きているのだが、それがなにかどうしてもわからない。数秒でそれは終わった。あるいは数日、数時間だったのだろうか？ あるいはほんの一瞬？ 全力で自分の思考の道筋を正そうとしたが、最初はうまくいかなかった。しかし、やがてうまくいくようになり、同時にオファラーの奇妙な歌も鳴りやんだ。コヴァル・インガードは、意識を失ったかのように床に横たわっている。

だれもが恐れていたことが現実になった。銀河系への道に障害物が存在したのだ。

ブガクリスの男はうめき声をあげながら立ちあがったが、その目を見ればまだ正気でないことは明らか。ダオ・リン＝ヘイがにせものの風景のなかにはいってきた。彼女も疲労困憊《こんぱい》している印象だが、船内でただひとり、完全に行動可能な状態にもどっているらしい。

「あなたたちも感じたのか？」と、彼女はおちつきのない目で三名を見ていった。

インガードはその声を聞いてすくみあがり、また立ちあがり、ダオ・リン＝ヘイに突進。そうすれば恋人の死を阻止できるかのように。実際そう考えたのだろう。なみはずれた体力を持つダオ・リン＝ヘイが、かれを空中で引き裂かなかったことは幸運だった。そのかわりにインガードのほうが彼女をなぐりたおした。

エイレーネはサラアム・シインとともに硬直状態からもどった。彼女はつかみあうふたりに駆けより、引きはなそうとしたが、オファラーは手を出すなと合図した。数秒後、《ハーモニー》のプロジェクターにあと押しされた鋭い和音が響きわたった。

するとインガードもダオ・リン＝ヘイも動けなくなってしまった。サラアム・シインは医療ロボットを呼び、女カルタン人は反重力ベッドで輸送された。

「また振りだしにもどってしまった」と、エイレーネ。「こんな出来ごとがあったら、かれはどうやったら病的な憎しみを忘れられるのかしら？」

サラアム・シインは遺憾のメロディを口笛で奏でた。まだ動かないコヴァル・インガードを自分の数本の腕でつつみこみ、あおむけにした。「あなたひとりでやるのはむずかしい」と、かれは歌った。「でも、べつの方法がある。この数カ月、わたしは自分の能力を使いすぎてしまった。この能力で殺害したこともある。それをあらためたい。まずはコヴァル・インガードを助けることからはじめる。かれを《ハーモニー》にのこしていってくれ。わたしがかれのために歌う」

4
クアンド・ペルスト

　クアンドがスペース＝ジェット二機の外部供給システムの作業をしていると、医療部から呼びだしがあった。この二機はこれまで出動したことがないが、非常時にはすべてが問題なく機動するようにするのが、かれのつとめ。つねにエネルギーおよび水供給装置、補充装備などの準備もおこたれない。

「クアンド！」ヴァレリーの明るい声がした。数日前からいっしょに仕事している同僚だ。彼女が好きなのかどうか、自分でもわからない。クアンドはなにかにつけ、アミカとタルニを思っていたから。

「だれかがあなたとヴィデオで話したいって！」

　ちょうど型枠をゆるめようとしていたかれは、むっつりして多目的工具を置き、スクリーンのほうに行った。

「クアンドです。なんでしょう？」

ヴィデオの顔はのっぺりしていて、よくわからない。白いもじゃもじゃの毛と赤い目は、相手がアルコン人であることのあかし。「わたしの名前はルメス。はじめまして。あなたのシフトが終わってからお話しできますか？」

「なんの話ですか？」クアンドがいぶかしんだ。

「ヴィデオではいえません。数分だけでも時間をとっていただけると」

「わかりました……それでは、シフトが終わってから」アルコン人の声はどこか強迫的なひびきがあり、クアンドは拒絶する勇気がなかった。

「では、船内時間で十六時三十分に医療部で。場所は、人に訊けばすぐわかりますから」

銀河系への進入に失敗してから一日たっていた。クアンドはまだあきらめていなかった。ありえない偶然で、アミカとタルニはまだ生きているかもしれない。強く望めば、きっとふたりに会える。

「いや、ちがう」と、かれはつぶやいた。「そんなはずないじゃないか」

多目的工具をまた手にとり、型枠の下の分配回路を点検した。すべて問題なし。思ったとおりだ。すぐれた資質はこういうところにも発揮される。かれがメンテナンスの責を負うものは、どれもきちんと機能するのだ。

シフトが終わるまでの二時間は、ものすごく長かった。六百九十五年が失われたと知ってから、苦しい日がつづいている。かれは薬なしにはほとんど眠れず、うつ状態だった。

「ちょっと話せる？」

うしろにヴァレリーが立っていた。こざっぱりとしたブルーのオーヴァオール姿。小型測定器がはいっているポケットが膨《ふく》らんでいた。短く切った髪は明るい褐色で、眉はもうすこし暗い色。彼女の顔はタルニに似ていると、ときどき思う。だがそれはきっと勘ちがいだ。成人女性の特徴が子供の特徴と似ているはずはないから。

「きみできょうはふたりめだ」と、皮肉っぽく返事をした。「今週のところは、もういいかな」

ヴァレリーはひるまなかった。

「ここのところ、すごくふさぎこんでいるでしょ」と、彼女。「いつも暗い顔で宙を見つめていて。それで心配になったの。たしかに銀河系に進入できなかったのは残念だったけど、いつかそのうち……」

「きみは本当に」と、かれが強引にさえぎった。「かれらが銀河系にはいりたがっていると思ってるの？」

ヴァレリーは目を見開き、かれを凝視した。「もちろんよ！　クアンド、あなたひどいノイローゼじゃないの。そのうち成功するに決まってるじゃない」

「でもわたしと話したいのは、そのことじゃないよね」

「そう」彼女の目がとても大きく、眉よりも濃い褐色だということにはじめて気づいた。彼女はつづけた。「提案があるの。今晩の休憩時間をいっしょにすごさない？」

「ヴァレリー……」

「ノーとはいわせない！」

「考えてみる。あとで連絡するね、オッケイ？」かれはそんなふうに自由時間をむだにする気持ちは毛頭なかった。返事を引きのばせば、すくなくとも彼女はここからいなくなってくれる。そのうち、連絡がこないことに気づくだろう。

シフトが終わって、まず医療部に向かった。公共端末がルメスの診察室への経路をしめしてくれる。そこはちいさくて感じのいい部屋で、医療装置はかくされていた。必要があるときだけ、さっととりだすのだろう。

「やあ、きましたね」と、読みとり機に集中していたかれがいった。「よかった。これで例の件について話せますから」

「例の件って？　おっしゃることがわかりませんが」

「ヴィデオでいったつもりですが。まあ、ここでいいあらそってもはじまらない。クアンド、すわってください」

　クアンドは三つの成型シートのひとつにすわり、そわそわしながら待った。この医師はなにをしたいのか？　だが次の瞬間、察しがついた。

「わたしは、薬のストックの監視をしています。最近、睡眠薬、とくにサイコボルBの消費量がいちじるしい。調べてみたところ、そのサイコボルのほとんどが、あなたにわたっていました」

「睡眠障害があるものですから……」

「ごまかしちゃいけない、クアンド。これほど服用しているのなら、あなたは睡眠障害ではなく深刻な精神障害があります。必要なのはサイコボルじゃなく、セラピストとの面談です。そうすればまたよくなりますから」

「そうじゃないんです」クアンドは否定した。アミカとタルニのことを話すなんてまっぴらごめん。だれもそれを強制できないはずだ。

「いや、クアンド。どうやらわたしのいうことをよく理解できていないようですね。いっておきますが、サイコボルの服用には注意が必要です。服用は短期間にかぎる。依存症状を招くおそれがある。集中力が低下し、人格が変わる。これはみんなこの包装に書いてあることです。見のがさないようにでかでかとね。あなたは薬をやめる必要がある、クアンド。いますぐに治療を開始しましょうか？」

「けっこうです」かれは冷ややかに答えた。「でも近いうちにはじめます。信用してください、ルメス」

「もちろん強制はできません。でもわたしにはサイコボルBを処方しないという権限がある。それと、あなたはいまからほかの睡眠薬と鎮静剤も入手できなくなります。以上」

クアンドはわけのわからないことをつぶやきながら、ルメスを見ずに医療部をあとにした。ルメスはこの件をどうやって調べたのか？　勤務時間外のかれの行動は、だれにも関係ないはず。

半時間ほどかれは《シマロン》内をぶらぶらした。

最後に観測室のひとり用キャビンにすわって、そこから銀河系をながめた。もしも自分の思いつきがあたっていたら？　銀河系に進入できないのは、船の上層部が意図的に妨害しているせいだったら？　自分はそれに対してなにもできないだろう。もちろんこのテーマについて会議を招集することはできる。だが聞く耳を持つ者はいるだろうか。

でも、まずはお楽しみから。かれは自分のキャビンに行き、髪をなでつけ、船内ヴィデオを起動した。ほとんど同時にスクリーンにヴァレリーの顔があらわれた。かれの呼びだしを待っていたのだろう。

「ハロー、クアンド。連絡してくれてうれしいわ。どんなミーティングだったの？」

「べつに」思った以上に無愛想に答えてしまった。「時間のむだづかいさ。でもそういうのはあとからわかるから。それで連絡してみたんだ。さっきのきみの提案はまだいきてるの？」

「今晩、いっしょになにかをするっていう？」

「そう。一時間後か、それとも……」

「いいわ、一時間後に。わたしが迎えにいく」

クアンドはヴィデオ・スクリーンを消し、深呼吸した。ルメスの件が気にかかるが、ともかく約束はまだいきていた。突然、ある考えが浮かんだ。もしかするとあの医師はサイコボルをブロックする手つづきをまだとっていないかもしれない。きょうは遅いから、あすに延ばしたかも。ともかくためしてみるだけの価値はある。

かれはキャビンの供給端末を操作し、薬の一覧表を作成して睡眠薬の項目を呼びだした。それぞれの薬剤にはコードナンバーがある。一部の薬剤は、要求するとはじめてナンバーが付与される。サイコボルは前者だ。クアンドは二日分の薬を注文した。

反応がない。

もう一度トライしたが、結果は同じ。ほかの睡眠薬もだ。ルメスめ！　かれは心のなかで悪態をついた。本当にアクセスできないようにブロックしやがった。どんな権限があって？　半人前のくせに、人を監視するのか？　クアンドは自分が神経症にありがちな思考におちいっていることに気づかなかった。

*

ヴァレリーは服を着替え、シャワーを浴びてさっぱりした印象だった。からだにぴったりの模造皮革の平時用コンビネーションは、飾りはないが彼女の魅力を引きたたせている。こんな彼女は見たことがない。そう思ったときから、かれは不埒《ふらち》な考えを必死に追いはらった。

「なにしたい？」彼女が元気よくたずねた。「まあ可能性はかぎられているけど……」

かれは答えにつまった。「正直いって、船内で自由時間をどうすごすかなんて考えたことがなかったよ。きみが決めればいい」

「じゃあ、泳ぎましょうよ」

「泳ぐ？」さぞかしかれはあっけにとられた顔をしたのだろう。ヴァレリーが笑いだした。「船内にちいさなスイミング・プールがあると聞いたことはあるけれど。どういうことだろう？《シマロン》は巡洋艦じゃないし」

「設計者に発明の才があったのよ」と、彼女。「きっとびっくりするわ」

「きみがそういうんなら」

ふたりはいっしょに中央反重力シャフトで船の中央階に行き、ヴァレリーがしめした通廊にはいった。もちろんかれひとりでもこられただろう。ここは小都市ではなく、L

FT宇宙船にすぎないのだから。

「ここよ」と、彼女がいった。

ドアの奥がちいさな更衣ゾーンで、その先がバスルームとトイレになっている。クアンドとヴァレリーは服を脱ぎ、オーヴァオールをロッカーにいれた。振りかえったかれは気まずくなり、彼女から目をそらした。

「希望すれば、ロッカーから水着が出てくるわ」かれの顔を読んで、彼女が笑いながら説明した。「縁に制御パネルがあるでしょ」

クアンドは膝までの長さのグレイの水着を選んだ。ヴァレリーは裸のまま。ドアを通ってふたりはスイミング・プールの領域にはいった。はじめは自分の目が信じられなかったが、すぐにわかってきた。床面積はさほどないが、巧妙なプロジェクションでひろく見せかけているのだ。ドアのすぐそばに寝そべることができる苔《こけ》の生えた平面があり、その前を幅三メートルの水深がかなりありそうな小川が流れている。

「どれもすごくリアルでしょ？」ヴァレリーが興奮していった。「ほんものの風景みたい」

たしかに、とクアンドは心のなかで認めた。ドアの反対側の小川沿いには、何キロメートルにもおよぶツンドラのような手つかずの自然がひろがり、空の恒星がすべてを黄色の光でつつんでいる。

「この空間は実際にはどのくらいのひろさなんだろう?」

「わからない」と、ヴァレリー。「プロジェクションが停止しているときに見たことがないから。でも小川と草地は合わせてもせいぜい幅八メートルか九メートルで、あとはイルージョンでしょ。天井の高さは三メートルぐらい。でも心配ないって！　さあ、はいりましょう！」

彼女は居あわせた人々のことなどかまわずに、勢いよく飛びこんだ。水着を着ているのは自分ひとりだとクアンドは気づいた。だがかれは気にせずにヴァレリーにつづいて水にはいった。水温は快適。冷たさが心地よく、血行がよくなったようだ。

「ついてきて！」彼女が大きな声でいった。

数メートル潜水して、息をはずませながら顔をあげると、ヴァレリーはすでにかなり前にいる。クアンドは彼女のやり方にまかせようと決めた。せっかくきたのだから。何ストロークかで彼女に追いついた。

「ほんもののプールはどこまでつづいているんだろう?」と、かれが訊いた。

「きっと驚くわ！」彼女が大声で答えた。「いいから、ついてきて！」

突然、彼女が消えた。クアンドの目の前に溝のようなものがある。彼女はもぐったのだろうか?

「クアンド！　きて！」

いや、ありえない。もぐっているのなら彼女の声が聞こえないはずだ。ともかくヴァレリーのいうとおりにしよう。それがいちばんかんたんだ。二メートル先でかれは不思議な気分になった。一瞬、胃がむかむかして、それから風景が変化した。小川は温かいラグーンになり、そこから数メートルごとに岩石がそそり立っている。水底には、色とりどりのサンゴ。

「本当に驚いたよ」

「いっしょに岩の上にのぼりましょう。説明するから」ふたりは水からあがり、人工太陽の光を浴びて寝そべった。「プールは、幅のせまい面を下にした丈の高い直方体で、四つのパーツのあいだに重力ハッチがあるの。そう感じないけど、実際には壁に沿ってまっすぐ上に向かって泳いでいるわけ」

「古くさい発想だな」

「でも効果的じゃない？　最小のスペースで、レクリエーションとしては最高の価値が得られるから」

次のふたつのセクションは、川の湿地帯と、アコンかアルコンIにありそうな風景だった。かれはその両方をなんとなくうわの空で見ていた。

「これでおしまい」と、ヴァレリー。「一時間ぐらいたったけれど、これからどうする？」

「まず服を着よう」

クアンドは水着をロッカーに放りこみ、いちばん近いバスルームで、温風でからだを乾かした。そのとき、かれの頭にばかげた考えがふたたび去来した。銀河系への道は、本当はあるんじゃないだろうか？　すべては巨大な偽装工作、心理作戦なのではなかろうか？　かれは、ばかばかしいと自分にいいきかせた。

「もう一度訊くけど」着替えてプールの前の通廊でおちあうと、ヴァレリーがまたいった。「これからどうする？　ちょっと飲むのはどうかしら……」

「だれのキャビンのほうが近い？」

「わたしのキャビンよ」と、彼女がほほえんでいった。

クアンドはそれを知っていて、訊いたのだ。連れていってもらったキャビンは、かれの部屋と同じレイアウトで、椅子が二脚、寝椅子、ソファベッド、それにさまざまな私物があった。供給端末で彼女はグラスふたつと低アルコールのワインをリクエスト。一時間以上いっしょにいたが、なにかが起きる前に、クアンドはあくびをするふりをしてから立ちあがった。

「前にいったけど、医師が睡眠薬を処方してくれた。神経が高ぶっているんでね。わかってほしい」

「もちろん」ヴァレリーはがっかりしたようすを見せなかった。彼女は自分の短い髪をうしろになでてあげながら、かれのためにドアを開けてくれた。「あした、仕事で会いましょう」

「おやすみ」

クアンドは通廊に出た。彼女がドアを閉めようとしたとき、かれがいった。「ヴァレリー、お願いがある。キャビンの供給装置が故障して困ってる……」

「なにがいるの?」

「医師が処方した睡眠薬だ。でも、こんな時間に修理ロボットをキャビンにいれたくないし」

「じゃあ、はいって」

かれは彼女の端末をすばやく操作。数秒後、二日分のサイコボルBが供給シャフトにとどいた。それをとるかれの指が震えている。

「ありがとう、ヴァレリー。おやすみ」

「おやすみなさい」

彼女の目をまっすぐ見ることができず、いそいで通廊に出た。かれは自分のキャビンに向かう途中、包装を引きちぎり、ふたつの小瓶の中身を飲みほした。

＊

目を覚ましたクアンドは、疲れはてていた。手足は鉛のように重く、一日ベッドで寝ていたかった。だがそうすれば、医師がくるのは明らかで、それだけは避けたい。次に考えたのは、アミカとタルニのこと。かれはふたりの写真もホロ録画も持っていない。透明フォリオに自分で描こうとしたこともあったが、ふたりの思い出を汚すような気がした。

サイコボルやそのほかの薬は、医療技術ステーションがブロックしているために手にはいらない。起床後にやってみたがだめだった。仕事中に倒れないように、クアンドは無理をしてちょっとだけ食事をした。

その朝、かれは通廊や反重力シャフトがのしかかってくるような気がした。夜のうちに壁の間隔がつまったかのようだ。かれとヴァレリーが前日に作業をやめた場所に、定刻についた。彼女はすでにきていたが、かれを見もしない。なぜだ？　見当もつかない。以前ならこういう機会に彼女のからだに近づこうとしたかもしれない。でもきょうはタルニとアミカのことばかり考えていて、その気も起きなかった。

仕事はたいへんだった。

何度かヴァレリーに話しかけようとしたが、うまくいかなかった。今夜もサイコボルが必要だ。もしかしたら、あのトリックがまた使えるかもしれない。だがどうも雲行きがあやしい。

「聞いてくれ、ヴァレリー」彼女のシフトが終わる直前に、かれはもう一度いった。

「きのうのことで気を悪くしないでほしい。疲れていただけなんだ」

「わたしはあなたが思っているほどおろかじゃないわ」

「どういう意味？」ショックを受けてかれは訊いた。彼女はひどく怒っている。

「ルメスと話したの」

クアンドはしばらく口がきけなかった。すこしおちついてから踵《きびす》をかえし、近くのヴィデオカムに走った。数秒後、相手が画面にあらわれた。

「わたしのプライヴェートを人にしゃべるなんて！　そんな権利があなたにあるんですか！」

「かんたんな話ですよ」ルメスはおちつきはらって答えた。「宇宙船の船内では、薬物依存症患者はセキュリティ上のリスクになります。あなたの同僚からサイコボルの請求があったとき、すぐにぴんときました。あなたは今後、だれからも薬をもらえませんよ」

「わたしは依存症でもないし、不安定でもないし……」

「でも予備軍です。それにあなたはヴァレリーをあんなふうに利用することに、ためらいがなかった」

「そんなことも彼女はいっていたんですか！」

「ええ。彼女をなだめておきましたよ。もう一度、勧告します。ただちにわたしのもとで薬物をからだから抜くための治療をはじめてください。一刻も早く」

クアンドは接続を切った。しばらくのあいだ、怒りをどこにぶつけたらいいのかわからなかった。状態が悪いときによりによってあのルメスの監視下に置かれるなんて。首席医師のセッジ・ミッドメイズに相談してみようか？　いや、だめだ。あの船医もルメスの肩を持つだろう。

かれはルメスに楯突きたい一心で、これからもサイコボルBを調達しようと決めた。自分の端末からはもう請求できない。だがほかの乗員の端末がある。ヴァレリーはもう助けてくれないだろう。知り合いの端末で同じ手口を試みるか？　でもルメスが見張っている。以後クアンドに薬をわたすなという通達が出ているかもしれない。

どうしようもなくて、かれは四時間も《シマロン》の船内を歩きまわった。数カ月も船内にいるのに、一度もはいっていないセクションがたくさんある。しかし、かれの関心の範囲はせまく、なにかに集中しようとすると、アミカとタルニのことが頭をよぎる。ふたりはどこかで生きているはず……銀河系のどこかで。

あしたは銀河系を突破する二度目の挑戦の日だ。だが、かれらはこの問題にはたして本気で取り組んでいるのだろうか。ペリー・ローダンもレジナルド・ブルもそのほかの不死者たちも、おのれを故郷に引きよせるものを持たない。かれらは銀河系のなかでも外でも生きていけるのだから。

指が震えた。

寒い？ いや、このLFT宇宙船内はつねに標準温度にたもたれている。

突然、アイデアが降ってきた。格納庫主任のかれは、搭載艇の化学ラボに自由にはいれる。搭載艇二機にはサイコボルBもあるにちがいない。だが手を出すことはできない。不足分が生じると、コンピュータがただちに《シマロン》に通知し、またルメスが知るところとなる。こうなったら、薬を自分でつくるしかない！

クアンドはいそいでキャビンにもどった。シントロニクスに化学式と製造方法を問い合わせると、万事スムーズにすすんだ。シントロニクス結合体は、かれとルメスのこれまでのいざこざを私的な問題と見なし、データをすぐに消去したのだろう。

《シマロン》が搭載しているスペース＝ジェットの片方は、現在使われていない。かれは点検をするようなふりをしてなかにはいった。そこにあったサイコボルのストックは大きな誘惑だったが、かれは自分の計画を実行した。機内の生化学ラボは非常にちいさく、かんたんな器具と生物由来原料と化学原料しかない。だが薬に必要な成分はすべて製造できることがわかった。ただ調合プロセスだけは、完全には再現できない。でも、まあいい。指がだんだん震えてきた。震えがひどくなって調合できなくならないように、急がねば。

それでも一時間以上かかった。そのあいだも、かっと暑くなったり、悪寒《おかん》がしたり。たぶん、怒りを制御できないせいだろう。最終的に、グラシット製のフラスコに二センチリットルの青っぽい色の液体がとれた。もちろん、それは正確にはサイコボルBではない。でも似ているだけで充分。ルメスをあざむくことに成功したのだ。

クアンドは笑った。フラスコを手にとり、半分近くこぼしてしまったが、いっきに飲みほした。味は同じだった……これでいい！　勝利のよろこびと疲労がいりまじって、かれはキャビンにもどり、眠りについた。

＊

翌朝は、前日よりさらにひどかった。アミカの容姿を思い出そうとしたが、だめだった。指はまだ震えているし、毛布は夜のあいだにかいた汗でぐっしょりだ。いつもの習慣で、クアンドは朝食をとった。数口食べただけで胃が反乱を起こし、よろよろと衛生室に行って、嘔吐。せめてサイコボルをすこしのこしておけばよかったものを。クアンドは自分のおろかさをのろった。それでも勤務時間中に抜けだし、新しい分をつくることはできた。

アミカはどんな顔だった？　まるでヒュプノ学習装置で知識を消去されたようだ。黒くて長い髪だ。でも顔は？　タルニは？　タルニのほうがまだおぼえている。ちいさな娘の一挙手一投足。かれらは銀河系のどこかで生きているはず。しかし、銀河系は閉じたままで、宇宙船の上層部は本気で突入を試みようとしていない。

　夕方に二回めの突入が試みられるという話だ。船長らはそれなりの行動をとってくれるのだろうか？　あまり知識のないかれは、よくわからなかった。イアン・ロングウィンやペリー・ローダンたちは、乗員に重要な情報を伝えていないのではないだろうか。

　十分後、かれのシフトがはじまった。

　クアンドはコンビネーションを着て、ミネラルウォーターを飲んでから格納庫に出かけた。ヴァレリーはすでにきていたが、かれはろくに挨拶もしなかった。しばらくしてから口実をつくって《シマロン》のべつの区画にある格納庫セクションへと向かった。目立たないように気をつけながら。

　昼休みはキャビンですごした。ヴィデオカムにルメスのメッセージがはいっている。どうやらかれに話があるらしい。だが無視することにした。ルメスのばかげたいいぐさにつきあうひまはない。

　一刻も早くスペース＝ジェットのところに行かなければ。自分で調合した睡眠薬の決定的な欠点は、効果が長つづきしないことだ。途中で乗員に会うこともなく、かれは格納庫に向かった。

かれの知らない女性二名がスペース＝ジェットの外被を修理している。彼女たちを避けては通れない。

「こんにちは！」と、クアンドは挨拶した。自分の声が震えているような気がする。

「なにをしているんですか？」

「探知センサーの交換です」と、ひとりが答えた。「とくに重要な作業ではありませんが」

「そうですか、つづけてください」

かれはいそいでなかにはいった。生化学ラボはきのう出たときのままだ。すでに手順がわかっているので、作業に半時間もかからない。原料がのこりすくなくて、三センチリットルしかつくれなかったのに、飲みほすときに半分近くこぼしてしまった。

それでも気分はましになった。

しかし状況がよくなったわけではない。本当にかれが必要としていたのは、アミカとタルニで、サイコボルBではないのだから。二回めの突破の試みを待つことに意味があるのか？　たぶん。でもこんどもなにか問題が起きたら、そのままにしておくわけにはいかない。クアンドは自分がイニシアティヴをとろうと決心した。

かれはふたつの物質をそれぞれ半キログラムずつ小分けにして包装した。合わせると強力な爆薬になる。さらに技術部から起爆装置を調達し、すべてをコンビネーションにかくして、スペース＝ジェットを出た。

外被を修理中の女たちは、下を見ようともしない。

クアンドには好都合だった。自分の計画をじゃまされたくない。あとは夜までの時間をつぶすだけ。だが、震える指で悪寒に襲われながら待つのは、容易ではなかった。

5

境界で

　ペリー・ローダンは、自分のキャビンにもどるまでは自制心をたもとうとした。一同は未知の現象を前にして困惑した。行動する意欲はあるのだが、具体的にどうしたらいいのかわからない。かれは科学者たちに数時間の猶予をあたえ、真夜中にまた集まることにした。

　背筋をのばし自信ありげに見せかけて、かれは居住セクターまでの通廊を歩いた。かなりの試練だ。ローダンに会う者はだれでも、かれの姿を見て自分を奮いたたせようとする。だが、きょうのかれは勇気りんりんというわけにはいかなかった。六百九十五年……いや、まだなにも失ってはいない。われわれは、とある場所にバリアが張られていると確認したにすぎない。

　バリアがなにでできているのかすら、わからない。

おのれの混乱とシントロニクス結合体の混乱だけが、判断のよりどころ。だがそれがなにかの手がかりになるのか？　ローダン自身も科学者といえるが、かれの知るかぎり、このような経験をした者はいない。さいわい船内には、超現実学者のアンブッシュ・サトーと、ノックス・カントルおよびエンザ・マンスールのシナジー・ペアがいる。あのタイプの科学者は、未知のものを解明する方法を知っていることもしばしば。

でも、その必要もないのかもしれない。突入のために選んだ銀河系境界のごく一部が、バリアだったのではないか。ほかの場所では、障害なしに銀河内にはいれるのでは？　そう考えると、かれは通廊ののこりをそれなりの表情で堂々と歩くことができた。何人かに挨拶したり、ちょっとした会話まで交わしたりして。ネット・コンビネーションをシートの上に放りなげ、バスルームにはいったとき、緊張がいっきにほぐれた。

数秒後、シャワーを浴びたかれのからだは心地よい温かさにつつまれた。気分が軽くなってローダンは考えた。いや、われわれはまだなにも失っていない。

*

会議の参加者は定刻に集まった。《シマロン》のレジナルド・ブル、イアン・ロングウィン、グッキー、そしてローダン。《ツナミ＝コルドバ》艦長のラトバー・トスタン、《ペルセウス》のジュリアン・ティフラー、ニア・セレグリス、フェルマー・ロイド、ラス・ツバイ、そしてもちろん《カルミナ》のアトランとバス＝テトのイルナも。だがもっとも重要なのは科学者たちだ。ほかの者たちは、まずは話を聞き、それから今後どうするかを検討する。

　レジナルド・ブルが議長となって会議がはじまった。

「長いスピーチはしない」と、赤毛のテラナー。「なにが起こったかは、みな知っている。科学者たちの話を聞こう」

　はじめはだれひとりとして動こうとしなかったが、やがてアンブッシュ・サトーに一同の注目が集まった。小柄でたいそう頭が大きなこの男は、ていねいにお辞儀をしてからいった。「今回の出来ごとについて申し述べる栄誉にあずかり感謝いたします。みなさまの過大な期待にお応えできず心苦しいかぎり。探知技術的に申しますと、境界は定義が不可能な状態。なにかが存在することをしめすしるしは見つかっておりません。混乱の受けとめ方は、人によって、ギャラクティカーによってさまざま。シントロニクスの記録についてもしかり」

　ちいさな科学者はしばらく黙って、まだ驚くべき報告があるといわんばかりに出席者を順に見つめた。そして実際、そうだったのである。

「これから申しあげることは、今後数日かけて、多くの調査が必要。それはもはや曖昧《あいまい》なヒントではなく、おそらくひとつの手がかりとして……」

「要点をいえ、アンブッシュ・サトー！」ラトバー・トスタンが叫んだ。

「それはこれからです。われわれ、狂気のゾーンに進入したさいのシントロニクスと各種船載装置の動きを比較しました。いくつかの兆候が、非常に短いスパン、時間が逆行したことを示唆《しさ》しています。学者チームといたしましては、現時点ではさらにくわしいことはご報告できません。以上です。ありがとうございました」

数秒間、ローダンの思考は乱れに乱れた。だがかれはアンブッシュ・サトーの話をなんとか受けとめ、精神的に克服した。周囲を見わたすと、ほかの出席者たちはまだそこまでいっていないようす。レジナルド・ブルは口をぽかりとあけて無表情のまますわっている。アトランの感情は外から読めず、ほかの者たちはとりとめのないおしゃべりをして感情をぶちまけている。

「しずかに！」ついにローダンが大きな声を出した。すぐに静寂がおとずれた。「科学者たちの所見を聞いた。だがこれでは、これからなにをしたらいいのか、わからないに等しい。そこで提案だが、今後どうすべきか真剣に考えなければならないのでは。なにか意見は？」

「ひとつあります」と、ラトバー・トスタン。麻薬からの離脱症状のために死人のような顔になってしまったギャンブラーだ。「わたしの考えでは、やるべきことは明白。いくつかの可能性があり、それらすべてをためすべきです。まずは《シマロン》の指揮で、船団はもう一度同じ場所に飛行する。今回は狂気のバリアの直前で通常空間にはいり、集中的に位置を測定する。あらたな結果が出なければ、はなれた場所で同じことをくりかえす。あとでロボット・ゾンデか無人艇を出すこともできるでしょう」

「妥当な提案だ、ギャンブラー」アトランがゆっくりといった。「わたしも同意見だ。最初のときと同じように、ペリーが復帰スイッチに手をかけたまま事態を見守り、必要であれば、安全ゾーンにわれわれを連れもどすようにすればいい」

「待ってください」フェルマー・ロイドが口をはさんだ。「ということは、また船団の宇宙船がすべて突入するということですか？　なぜです？　《シマロン》が単独で偵察したほうがよくはないですか」

「それはちがう、フェルマー！」アトランは感情を必死におさえながらつづけた。「すくなくとも、今回は突破できる可能性がある。であれば、われわれはともにいるべきでは。なにしろ銀河系がどういう状況なのか、だれにもわからないのだから。危険がまったくない可能性もあるが、現時点ではだれが信じよう？」

「だが」と、ローダン。「いまの段階で極論におちいるのはよくない。幽霊銀河の噂もだ。なにかほかに提案は？」

「いくらでもありますよ！」科学者のひとりがいった。

結論が出るまでに二時間以上かかった。結局、ローダンのとりなしもあって、トスタンの案が通った。あすの晩、二回めの進入を試みる。ほかの者たちと同じように、ローダンもこんどこそ飛行を中止する必要がないことを願った。

これは現実的な願いなのか？　だれにもわからなかった。探知によれば銀河系全体が死んでおり、電磁波だけが通過できる。

ローダンはのこる時間をリラックスのために使った。キャビンでしずかに横たわり、ゲシールが近くにいると想像する。彼女のぬくもりは、多くの困難を乗りこえる力をあたえてくれるような気がする。

*

目標までほんの数光秒の距離までは、最初の航行と同じ進入路が選ばれた。八台のシントロニクス結合体は、この先すぐの地点で混乱の影響が出るとした。だが、銀河系セクター内部への進入が阻まれたのはたんなる偶然ではないか、という希望がまだあった。

かれの隣りには、レジナルド・ブル、ラランド・ミシュコム、イアン・ロングウィンがすわっている。司令室の全員が注意力の一部を自分にそそいでいるような気がした。

今回もかれが復帰インパルスを作動させるかどうか、気になるのだろう。だがたとえボタンを押しても、シグナルが狂気のバリアのえじきになってしまったら？　シントロニクスすら影響をこうむったのだから、その可能性は考えられる。

「あと数秒」と、人工的な声がした。「準備してください」

この言葉は船全体に聞こえた。ここでも、船団のほかのユニットでも、重要な回路はすべて封印されていた。武器制御装置、発電装置、生命維持システムなどだ。

ローダンの手は、十三隻の宇宙船すべてを引きかえさせるスイッチの上にあった。そして最初のときと同じように発光ダイオードが光った。

いまだ。

かれらは計算された境界線をこえていた。ローダンは、はじめはなにも感じなかったが、やがて思考になんらかの力が働き、内面が反転した。しばらくは持ちこたえられた。かれらはバリアが本当に存在するのかどうかを知りたかったのだ。

ローダンは目の前の赤い光源に集中しようとしたが、それがむずかしく、どのくらいの時間がたったのかもわからない。知らぬ間にかれの手はボタンを押していた。数秒後、その影響はうすれてきた。

数秒後？　もしも科学者たちが正しかったら、そんなことがいえるのだろうか？　時間という現象が操作されるところでは、人間の知性と技術には限界がある。おそらく、過去千年間でもっとも著名な科学者であるジェフリー・アベル・ワリンジャーが助けてくれるだろう。しかし、《バジス》がみずからを解体したあと、ワリンジャーがどこにいるのかだれも知らなかった。

「大丈夫ですか？」イアン・ロングウィンが一同にたずねた。船長は司令部要員をさっと見わたした。「それでは、本日の予定にうつります。これから数時間、計器の測定値を分析します。担当者はただちに作業にとりかかるように」

そのような要請は必要なかった。司令室から突破試験を見た科学者たちは、反重力シャフトに消えていた。おそらくラボに向かっているのだろう、とローダンは考えた。かれとブル、そのほか数名は、とりあえずすべきことがなかった。

*

四時間後、失敗した地点から二千光年はなれた場所で次の突入が試みられた。あらたな手がかりはない。通常空間からでは、ハイパー空間からと同じく、狂気のバリアをうまくとらえられないのだ。短いスパン、時間が逆行したという観察結果だけが多少裏づけられた。

「正直にいうと」と、ブルがふたりにしか聞こえないちいさな声でいった。「この試みが不安です。たしかに充分に遠くまで飛べば、狂気のバリアを突きやぶれるかもしれない。でも第二のバリアがあったら？　ペリー、本当に自分を限界まで追いこむべきだと思っているんですか？　あなたの抵抗力を、ここの全員が持ちあわせているわけじゃない。あなたは大丈夫でも、ほかの連中は回復できないかもしれない。ことによると狂気におちいるかも」

「なぜこのあいだの会議でそれをいわない？」と、ローダン。

ブルはしばらく黙っていた。片手で短く刈りこんだ赤毛をなでつけている。「あなたと同じ理由でしょう。ティフラーたちも同じでは」

「そうか」と、ローダン。「どんな危険があろうとも、やるしかない。突入をあきらめようと思っているギャラクティカーはいないんじゃないか。サラアム・シインも女カルタン人も自発的に協力している」

「そのとおりなんですが」レジナルド・ブルの顔は不満げだ。「それでも不安なんです。ペリー、あなたがどう思ったか知りませんけど、わたしにとって狂気のバリアは恐怖です。もうあんな思いはしたくない」

「ともかく待つんだ、ブリー。もしそうなったら、自分の限界を踏みこえるしかない」

それから数分間、ふたりは黙っていた。イアン・ロングウィンは《シマロン》とほかの宇宙船を亜光速航行に切りかえた。乗員は安全ベルトをしめ、計測器を自動モードに。《シマロン》やほかの宇宙船になにかが起こるとしたら、いまだ。

バリアが迫っている。ローダンは心の準備をした。今回の影響は前ほど強烈でないような気がする。かれは意志力を結集して、自分の手の下にある赤い光を見つめた。引きかえすタイミングか？　いや、まだだ……もうすこし。あと数秒……数秒？　その時間はすでにすぎたのか？　なにかがかれの思考の鎖を引きちぎり、赤い光だけが見えていた。

光源がかれを充たす。

この色を消さないようにしなければ。だがその赤が色とりどりの点にはじけたとき、ローダンはあきらめた。かれの手がボタンを押した。なにも起こらなかった。いずれにせよ、ローダンは針路を変更できるような状態ではなかったのである。

＊

ものすごい圧が胸から抜けていくようだ。ローダンは十メートルの水深から水面に浮上し、空気を吸った……すくなくとも、そんな感じだった。あと数分長くつづけば、混乱をおさえきれなかっただろう。ほかの要員はどうだっただろう？　ダメージが持続しないことを祈るばかり。

横でレジナルド・ブルがようやくうめき声をあげた。ラランド・ミシュコムとイアン・ロングウィンの声も聞こえてきた。

シントロニクスもまた正常に動きだし、《シマロン》の現在のポジションを大型スクリーンに表示。かれらはバリアから数光年はなれた通常空間にもどっていた。船団は一隻もかけておらず、コースからわずかにはずれている程度。

「ペリー！」

イアン・ロングウィンのちいさな声がした。完全に行動できるまでに回復している。

「どうした、イアン？」

「《ツナミ＝コルドバ》から呼びだしです。あなたの前のモニターを使ってください」

ラトバー・トスタンの死人のような顔がスクリーンにうつしだされた。ギャンブラーは苦悶の表情を浮かべ、それでも歯をむき出して笑おうとしている。

「ご無事のようでなにより」と、トスタン。「今回の〝実験〟のあとにふと思いついたんです。もっと早く気づけばよかった！　バリアを突破するほかの方法があります。《ツナミ＝コルドバ》のミニATGですよ」

ローダンはしばらく考えて、「却下だ、トスタン」と、いった。

「却下？　どうして？　あなたほどの戦略家が？」

「そう挑発するな。却下したのはあまりにも危険だからだ。われわれは《ツナミ＝コルドバ》を失うわけにはいかない。とくに一か八《ばち》かのルーレット作戦では」

「でも今回の成果がどうだったか、考えていただきたい」

「方針は変わらない」と、ローダン。「まずあらゆる可能性をためしてみる。次はロボット宇宙船とゾンデだ」

トスタンはがっかりしたようすで通信を切った。

すでにイアン・ロングウィンは、バリアに接近するように船団に指示を出していた。できるだけ近くから無人飛行物体のコースを追跡する計画だ。《シマロン》はこのために、超光速にも対応できるゾンデ数台を提供し、ほかの宇宙船はそれぞれ小型搭載艇を用意した。ここには人類も高性能シントロニクスものせない。ことが起こるまでは偵察機を飛ばすのみ。

《シマロン》のシントロニクス結合体は、針路指示の準備にはいった。ぜんぶで二十基の飛翔体が銀河系船団の格納庫からスタート。自動的に超光速飛行にはいる。数基は定期的に通常空間からデータを送信し、数基はさらに五百光年進入するようにもとめられている。

イアン・ロングウィンがスタートを命令。

「いまできるのは、待つことだけだな」と、ローダン。

ブルはかれの言葉を理解した。「長くはかかりませんよ、ペリー。あと数秒で最初の報告がとどくはずです」

たしかにすぐにデータがとどいたが、これらのデータは《シマロン》がみずから集めたものとなんら変わらなかった。飛翔体は星形に散開。ローダンがこの作戦の成功を確信しかかったとき、最初の問題が生じた。とどくべき報告がなかなかこない。しばらくすると報告は完全にとだえた。

「探知結果です」と、ラランド・ミシュコム。「メイン・スクリーンをごらんください……」

ローダンはただちに状況を見てとった。ゾンデのひとつが爆発し、スクリーンにぼやけたしみをのこしている。ゾンデの位置も爆発の強さも正確にはわからない。なぜだ？　これまで気づかなかった障害物があったのか？

三十秒後、スクリーンに十九もの爆発エコーがうつしだされた。すくなくともひとつぐらいは突破するように願ったのだが。二十番めの飛翔体であるゾンデも爆発した。

《シマロン》の司令室は重苦しい沈黙につつまれていた。

しばらくシートにすわったままだったローダンがようやく立ちあがり、司令室の中央にあるポデストを立ち去った。ブル、ラランド・ミシュコム、イアン・ロングウィンはまだそこにしょんぼりしてすわっている。「この結果を正しく評価するには、時間が必要だ」と、かれはいった。「今後のことは科学者たちにまかせよう。《シマロン》とほかの宇宙船がバリアのさらに先に進みすぎなかったのはよかった。どうやら第二のバリアがあるらしい。これは最初のバリアとはまったく異なる。つまり死のバリアだ。そういうことなんだ……」

かれはさらに《ツナミ＝コルドバ》も非常に危険だったといおうとしたが、そうはいかなかった。

「ちょっと待ってください、ペリー」と、イアン・ロングウィンが割ってはいったからだ。

船長はしばらく無表情のままモニターを見てから、なにかいったが、ローダンにはわからなかった。

「いま、メッセージがはいりました」

かれの次の言葉は、全員に向けられたものだった。「問題が起きた。男性乗員のひとりが暴《あば》れている。かれは主発電装置の近くにいて、爆発物を手にしている。ただちに銀河系に突入しないと宇宙船を爆破するといっているらしい」

6

歌い手

銀河系へのはじめての突入がまもなくはじまる。

サラアム・シインは、《ハーモニー》のプロジェクターがうつしだす砂漠の風景のまんなかで、しゃがみこんでいた。上空には光点が点在する黒い空がひろがり、銀河系船団が現在飛行している銀河間の虚無空間をリアルに再現。そのどこかにエスタルトゥの十二銀河があるはず。エレンディラ、ダータバル、ムジャッジ、スーフーなど……そしてもちろん、かれの故郷銀河シオム・ソムも。自分はそこにもどることを切望しているのか？　サラアム・シインは、この問いにどう答えればいいのかわからず、気持ちは毎日揺れていた。

ギャラクティカーは第二の故郷をあたえてくれた。かれを厚遇し、歌い手の存在を大事にしてくれる。ときにはかれらといっしょに、異種族とその音楽について研究し、それは宇宙が名歌手にあたえてくれたもっとも興味深いことだった。

オファルの歌い手はシオム・ソム銀河にしかいない。独自の音楽を発展させ、音楽の才を発揮した種族はほかにはほとんどいない。しかし、惑星マルダカアンにも、惑星ザアトゥルにも、オファル星間帝国のほかの惑星にも、かれの種族が住んでいるが、かれはそうした惑星の半分しか知らない。新秩序が確立したら、手を貸す必要がありはしないか？ かれとかれの宇宙船で、なにかを成しとげられるのでは？

「サラアム・シイン！」

名歌手は聞いていなかった。

もの思いに沈んでいたのだ。《ハーモニー》でマルダカアンに針路をとろうするとき、サラアム・シインは未知の惑星と、聞いたことがないリズムを想像する。その音を聞くたびに、経験という宝が増えていく。いつかかれはもどっていくだろう。かれの発声膜から、オファラーはとほうもない宝を受けとる。なににもまさる宝を。

「サラアム・シイン！」

ついにかれが顔をあげた。目の前の砂漠に、十三名のカルタン人が立っている。その風景のプロジェクションはとてもリアルで、かれらは足首まで砂に埋もれていた。サル・エダ＝ヘイ、ヴィア・アサ＝ヘイ、カム・ペラ＝ヘイ、それに十二名のグループのリーダーであるゲ・リアング＝プオと、最近くわわったばかりの最後の全知女性ダオ・リン＝ヘイだ。

「なにか用事が？」かれの質問はていねいなカノンで、プシオン成分はほとんどなかった。十三名が一度にあらわれたのはどうしてか、かれは答えが聞きたくてじりじりしている。

「ちょっとした問題なんですが」と、ゲ・リアング＝プォ。「わたしたちは、長いことあなたのもてなしを受けてきました、サラアム・シイン。でもあなたは一度も不平をいったことがありません」

「迷惑ではないからだ」かれは愛想よく返事した。「あなたたちがいてくれてよかったと思うこともしばしば」

「そういうことじゃないんです」ゲ・リアング＝プオがかれの前にすわった。のこりは立ったまま。ダオ・リン＝ヘイだけがうしろに移動した。「いまは、あなたのためになにかをすることが大事なんです。どうやったら役にたてるかずっと考えて、ついにいいアイデアが浮かびました。それは、《ハーモニー》を改造すること……」

「それは困る！」金切り声のような和音だ。

「よく聞いてください」ゲ・リアングも歌い手が憤慨したのに気づかなかったわけではない。「おもしろ半分で改造しようというのではありません。エネルプシ・エンジンにかかわることです。プシオン・ネットが崩壊して以来、あなたは通常の超光速エンジンだけで航行している。エネルプシ装置は船内のスペースを占有しています。それをとりはずし、万一の場合にそなえて、秘密のかくれ場のようなものをつくったらどうかと」

「そんなことができるのか？」サラアム・シインは半信半疑だ。

「ええ」と、ゲ・リアング。「あなたのシントロニクスと相談しました。まだ細かい作業がのこっていますが、最終的には六立方メートルの新しいスペースができるはず」

名歌手は、カルタン人の計画が自分にとって好都合なのかどうかよくわからなかった。ゲ・リアングがいう〝秘密のかくれ場〟がなぜ必要なのだろう？　それはかれの生き方にそぐわない。だがこの数週間で、危険と隣りあわせだということはよくわかっていた。でも同意したのは、そのせいではなく、カルタン人をよろこばせたかったから。数日間はやる仕事ができるし、かれに対しても気づまりなくのびのびとふるまえるだろう。

「わかった」と、かれ。「これ以上はなにもいわない。《ハーモニー》を思いどおりに改造したらいい」

カルタン人たちはさかんに議論をしながら、反重力シャフトのなかに消え、ダオ・リン＝ヘイだけがのこった。どうやら種族のなかで高い地位にいるようだ。サラアム・シインは、彼女が出した低いうなり声を、満足の表現だと解釈した。

「かれらのあつかい方をこころえているな」と、彼女。「みんなよろこんでいる」

サラアム・シインは、同意の和音を奏でた。「あの申し出を、あなたが作業療法と見なしているとは知らなかった」

ダオ・リン＝ヘイは笑った。だがそれはかれの聴覚房には、するどい鞭《むち》のような音に聞こえた。「わたしを軽く見てもらっては困る。同族のことは知りつくしている。かれらはそわそわしているか、怠惰かのどっちかで、ここのところはあまりにも長く怠惰にすごしている。やることをあたえないと、そのうちおかしくなってしまう」

「つまり、あの申し出にはあなたが噛んでいるのですな」

「わたしのアイデアだ。でもまんざらでもないだろう。あなたは矢面《やおもて》にたつことが多いから、安全対策を十全に……」

「それはちがう、ダオ・リン！」かれは怒った。「わたしは歌を武器として使ってきた。でもそれを変えたい。将来は音楽をふたたび善き力として使いたいもの……」

「そんな悩みがあったとは知らなかった」

「でも、そうなのだ」やさしいメロディのかれの返事は、投影された砂漠の風景のなかに消えていった。ダオ・リン＝ヘイはわかってくれただろうか？　名歌手は疑った。そこでかれは環状発話膜をいっぱいに膨らませ、だんだんに音量をあげながらカノンを歌い、最後に友情、愛、世界との調和を歌いあげた。

ようやく立ちあがったダオ・リン＝ヘイは、前よりも理解を深めたようすだ。

「あなたの考えがわかった」と、彼女はいった。「そのために戦おうじゃないか」

＊

銀河系船団がちょうど通常空間で方位を確認しているときに、エイレーネと通信がつながった。人類の故郷銀河である銀河系までの距離は、まだ九十万光年。サラアム・シインは、ローダンの娘とコヴァル・インガードを船内に迎えいれることに同意した。改造作業はすでに半分終わっていた。ダオ・リン＝ヘイをのぞくすべてのカルタン人は《ソロン》にいる。充分なスペースがあって、からだと心のコンディションをととのえられるからだ。

さいわいにもダオ・リン＝ヘイはインガードとの接触に異を唱えなかった。そうでなければ邂逅《かいこう》は実現しなかっただろう。

《ハーモニー》のシントロニクスは数分で《シマロン》にドッキングし、エイレーネとコヴァル・インガードがうつってきた。サラアム・シインは友好的な和音でかれらを迎え、首都ハゴンとその近傍の風景を投影した。

すぐにダオ・リンがやってきた。「どうも」と、彼女はインターコスモでふたりの客人に挨拶。「こんにちは、エイレーネ。そっちはコヴァル・インガードか。また会ったな」

サラアム・シインは、彼女の声にひそむ攻撃性を感じ、コヴァル・インガードも同様の反応をしめした。そもそもこの邂逅の目的がよくわからないが、できればうまくいってほしい。そこでかれは心をしずめる歌をうたった。ダオ・リン＝ヘイは、カルタン人の波瀾万丈の歴史について話した。最後にはコヴァル・インガードは、なにやら考えこんでしまった。ともかく成功といえよう。

かれらは翌日も《ハーモニー》で会うことにした。サラアム・シインはエイレーネのたのみがうれしかった。久しぶりにシオム・ソム銀河の紋章の門の歌を、最初から最後まで歌った。この難曲は、かれが〝名歌手〟への階段をのぼるきっかけをつくった特別な曲なのだ。

翌日、予定どおりに銀河系の最初の突破が試みられた。その試みがはじまる前、ダオ・リン＝ヘイは、カルタン人の文化遺産、かれらの長所と短所、内面のちがいについて述べていた。もちろんすべてはインガードのカルタン人に対する不信感をなくすためだ。

そして、そのときがきた。あと数分で決定的な局面がはじまる。銀河系が本当に立入禁止区域なのか、噂のように〝幽霊銀河〟なのか、ほどなく証明されるだろう。サラアム・シインは不安を感じていなかった。ダオ・リン＝ヘイは司令室で作戦を見守っているが、かれはエイレーネとコヴァル・インガードといっしょにプロジェクター・ボウルにいた。待ち時間を法典守護者の歌をうたってつぶしたのである。

超光速飛行の最初の数分はなにごともなくすぎた。

ソム人法典守護者がパイリア人に呼ばれたときの一節を披露していたとき、恐れていたことが起こった。アコースティックとプシオニックのあいだの特殊な立場にたつサラアム・シインは、粗い雑音が生じたのを感じた。それは耳ざわりな不協和音となり、歌を終えようとしても、同じ母音と子音をくりかえすことしかできなくなった。

名歌手は正気を失った。

呼吸孔を閉じ、恐ろしい音楽をとめようとしたができない。黙りこみ、目房を閉じて、かれは徐々に混乱した思考をコントロールした。

数秒後、ダオ・リン＝ヘイが反重力シャフトから人工的につくられた風景にはいってきた。「あなたたちも感じたのか？」カルタン人がたずねた。

サラアム・シインは彼女をぼんやりと見たが、視覚器官にはまだ薄いヴェールがかかっているようだった。精神を錯乱させるような影響はもう消えていたにもかかわらず、コヴァル・インガードは狂ってしまった。

一瞬にしてエイレーネの苦労は水の泡になった。インガードがダオ・リンに飛びかかったのである。すべてのカルタン人に対する昔からの偏見が噴きだした。だがダオ・リンはほとんど抵抗しなかった。もしもこの女カルタン人がその気になれば、かれを生きたまま引き裂くことができたのだが。

だがいまは彼女がもっとも危険にさらされていた。インガードの身体能力が突如として三倍になり、理性をとりもどすタイミングが遅すぎたら彼女を殺すところだった。

意志の力を最大限に発揮して、サラアム・シインは混乱を押しのけた。かれは、ふたりのあいだに割ってはいって引きはなそうとしたエイレーネに、手を出すなと合図し、環状発話膜をふくらました。ちいさな音がして、シントロニクスに対し、次の和音をプシオンで支えるように指示を出した。

だが、鋭い悲鳴のような音がインガードとダオ・リン＝ヘイに向けられた。ふたりは倒れ、折りかさなって意識を失った。軽傷を負ったカルタン人ために、サラアム・シインは医療ロボットを呼んだ。このふたりがまたすぐに遭遇しないように気をつけなければならない。

「また振りだしにもどってしまった」エイレーネはがっかりしていった。「こんな出来ごとがあったら、かれはどうやったら病的な憎しみを忘れられるのかしら？」

サラアム・シインは彼女に同情し、コヴァル・インガードの状態にも興味をしめした。ふたりはひんぱんにいっしょに仕事をしている。この狂気の影響がすべてをだいなしにしてしまうのでは？　かれは口笛で遺憾の意を表現し、十二本の触腕の半分をインガードの腰にまわし、からだをひっくり返した。数カ所ほど負傷している。

「あなたひとりでやるのはむずかしい」かれは思案顔でエイレーネを見た。「でも、べつの方法がある。この数カ月、わたしは自分の能力を使いすぎてしまった。この能力で殺害したこともある。それをあらためたい。まずはコヴァル・インガードを助けることからはじめる。かれを《ハーモニー》にのこしていってくれ。わたしがかれのために歌う」

そうだ、とかれは思った。音楽には癒しの力がある。それをかれ以上に知っている者がいるだろうか？ この宇宙船のプシオン・オルガンは、効果という点では申し分がない。オファラーの合唱団だったら音が合うまで練習しなければならない。だがオルガンはかれの歌を一発で支えてくれる。かれはコヴァル・インガードの誤解をとき、精神の不安定性もとりのぞくことができるだろう。

しかしいまは、もっと重要なことがある。なにが起こったのか？ あの精神を錯乱する影響は、どこからきたのか？ 銀河系船団のだれかに訊かなくてはなるまい。

*

なにが銀河系への航行を阻止したのか、だれも知らないらしい。ただひとつたしかなのは、どこかに未知の性格のバリアがあるということ。

サラアム・シインは、細かいことは気にしないことにした。ギャラクティカーがバリアを突破する可能性を見つけるまで、かれの課題はとりあえずコヴァル・インガードだった。そのため、これより先の計画が周知されたとき、かれはあまりよろこばなかった。狂気のゾーンに何回も飛行を試みているなかで、どうやったらインガードの精神を安定させ、頑固な偏見をとりのぞけるというのだ？

　数時間後、ブガクリスの男は意識をとりもどした。最初は飛びあがって、存在しない相手に突進しようとしたが、それからインガードは気づいたもの。どうやら最悪のショックを乗りこえたらしい。

「ぐあいはどうかな？」と、いうサラアム・シインの質問はしずかなメロディで、プシオン性の沈静成分がふくまれていた。

　インガードはリラックスした。「すこしよくなった」と、震える声でいった。そういいながら、かれの目は漫然とプロジェクター・ボウルを探っている。「なにが起きたんだ？」

　サラアム・シインは、インガードが理解できる言葉を選びながら説明した。コヴァル・インガードが原始惑星からきたことを忘れてはならない。オファラーの存在や、上部がむき出しで浮遊しているボウルを見ているだけでも、すでにかれには刺激が強すぎる。まして自分自身が理解してないことをどう説明したらいいのか？

　ブガクリスの男は、サラアム・シインの説明で満足した。かれのおちついた反応が歌い手に希望をあたえた。とはいえ……インガードには不安定なところがある。いつまた大暴れするか、わかったものではない。

　サラアム・シインがちいさな音を発した。《ハーモニー》のプロジェクターがその表現をひろい、増幅し、多彩なエコーをボウルに投げかえす。上方では、卵形の防御バリアが共鳴空間を制限し、本格的な音響ドームが生じた。力の焦点の床の上でコヴァル・インガードはしゃがみ、現実から切りはなされ、名歌手がおこなおうとしていることすべてを受けいれていた。

「これからあなたを助ける。あなたが望もうと望むまいと」

　サラアム・シインは、インガードの思想にある無秩序な考え、アイデア、印象からなる混乱のなかに理性を感じとった。できるだけこの流れを強め、メロディとプシオニックを融合させ、効果をあげたい。最後の音が消えたとき、かれは二時間以上も歌いつづけていた。

　翌日の夜まで、オファラーはこのプロセスを何度もくりかえした。だが次にバリアに進入するとき、この男がまた倒れるのをどうやって防げばいい？　サラアム・シインは、いずれかの場所で突破できるのではないかという希望をまだいだいていた。結局、アイデアが閃《ひらめ》いたのは、ダオ・リン＝ヘイとの会話でのこと。

　女カルタン人はかなり回復した。傷痕も消えている。「インガードを深層睡眠状態にすればいい。最近ではこの分野の経験が増えてきたことだし」

「いい考えだ」と、かれ。「そうするとしよう」

インガードが抵抗する前に、医療ロボットが適切な薬をかれにあたえた。それからの数時間はひどかった。《シマロン》ひきいる銀河系船団は二度も狂気のゾーンに進入し、すでにおなじみの混乱現象に二度も耐えなければならなかった。この苦悶に慣れることはあるのだろうか。サラアム・シインは回を重ねるごとに苦しみが増していた。

最後の突破の試みをになったのは宇宙船ではなく、無人搭載艇とゾンデだった。だが第二のバリアがあったらしい……というのも、送りだされた飛行物体は短時間ですべて爆発してしまったからだ。さいわいかれらは無事だった。

だが同じことがまた起こる。サラアム・シインには確信があった。考えにひたっていたかれは、シントロニクスの声で現実に呼びもどされた。

「《シマロン》から連絡がはいっています」

「スクリーンを」

視覚房の前の空中にホログラムが出現。ペリー・ローダンだ。

「問題が発生したので、あなたにご協力いただきたい……」

「なんです？」

「ここでは説明できない。時間がないんだ。《シマロン》の乗員を避難させなければならない。手伝ってもらうと、あなたにも危険がおよぶが」

「かまいません」と、サラアム・シインが歌った。「すぐ行きます」

「それじゃ遅い」ローダンは焦《あせ》っている。「あなたを迎えにいかせる。すぐに。あの男が逆上したら、いまこの瞬間にも爆発が起こる」

＊

これまであまり会ったことのないネズミ＝ビーバーのグッキーが、サラアム・シインの前にあらわれた。

「手を出して、歌い手！」サラアム・シインが不快に思うほど甲高《かんだか》い声でグッキーがいった。「それとも、長い触腕のうちの一本でもいいよ、どっちでもいい！」

名歌手が触腕でかれにさわると、次に感じたのは、全身を引きさかれるような短い痛みだった。混乱したまま、かれは周囲を見た。

ちいさな機械ホールの前の通廊だ。

数メートル先のドアのところにペリー・ローダンが待っており、レジナルド・ブル、バス＝テトのイルナ、ラランド・ミシュコムもいる。オファラーは、自分が記憶していた特徴で四人全員を見分けた。通廊のもう一方の端には、ふたりの見知らぬ人物が立っている。ひとりは男、もうひとりは女。

「ああ、サラアム・シイン！」ペリー・ローダンが振りかえって、数歩近づいてきた。

「きてくれてうれしいよ」

「なにがあったんですか？」と、歌い手は訊いた。

「きみの前にある空間には」と、ローダン。「《シマロン》のエネルギー供給のための周辺制御装置がある。それだけならまだしも、すぐうしろは反応炉だ。いまここに、クアンド・ペルストという名の男が立てこもっている。男は手製の爆弾を持っている。それが爆発すれば、宇宙船全体がこっぱみじん。これを阻止するのはむずかしい……」

「なぜです？」

「わたしが説明しよう」と、レジナルド・ブルという名のテラナーがいった。「爆弾はしろうとがつくったいいかげんなしろもの。ちょっとした振動でも爆発を引きおこしかねないので」

サラアム・シインは考えこんだ。この爆弾を無害化する方法はないものか？　かれの質問にブルは困り顔で肩をすくめるばかり。

「そうかんたんじゃないんだよね」身長が一メートルで、サラアム・シインの半分くらいのネズミ＝ビーバーがいった。「クアンドは偶然に完璧な仕事をしちゃったんだ。ぼくがテレキネシスで爆弾の信管をはずそうとしても、爆発しちゃうかもしれない。細かい作業はできないからね」

サラアム・シインは緊迫した雰囲気にようやく順応したが、それでも不安は大きかった。機械ホールにいる男がちょっと不器用な動きをしただけで、全員が死んでしまうだろう。

「わたしも力になれないわ」と、バス＝テトのイルナ。ペドトランスファーで男のからだにはいることはできる。だがなぜしないのか、彼女は答えた。「クアンドのからだの条件が悪すぎる。薬物依存症らしいから、わたしのほうがすぐさまやられてしまうかも」

「だからサラアム・シイン」と、レジナルド・ブルがいった。「あなたにお願いした。われわれに自発的に爆弾をわたすように説得してほしい。そうしたらグッキーが爆弾の箱をテレポーテーションで宇宙に運びだす」

名歌手はパニックを必死におさえようとしていた。失敗は許されない。最近のかれは、しばしば戦い、最後には勝利をおさめたが、相手の多くは死んだ。しかし、このケースはちがう。勝利は人を殺すのではなく、命を救うことになるだろう。

「やってみましょう」と、かれは答えた。「でもいまはわたしだけで、オファルの合唱団や《ハーモニー》のサポートがありません。だから、みなさんが思うような奇蹟は起こせません。その男がなにを望み、なぜそうしているのか正確に教えてください。バス＝テトのイルナが薬物依存のことを話していましたが、その情報も」

「もちろん」と、レジナルド・ブル。「クアントがこらえてくれるといいんだが。かれの状態は非常に悪いが、ペリーがかれと話している。男はわれわれに最後通牒《つうちょう》をつきつけた。ただちに銀河系に進入しないと、かれの人生はまったく意味がなくなる。《シマロン》を爆破して復讐してやると。われわれが意図的に狂気のバリアの突破に失敗していると思いこんでいるらしい」

「それと、六百九十五年たったのに、自分の奥さんと娘が生きているって信じてる」と、グッキー。「だからこんなことを企んだのさ。奥さんの名前はアミカ、娘はタルニ。ふたりがいなくなったのに耐えられず、睡眠薬を飲むようになったんだ。もう精神的にめちゃくちゃなんだよ」

「どうしてかれの危険な変化にもっと早く気づかなかったんですか?」

レジナルド・ブルは苦笑いした。「《シマロン》は奴隷船じゃない。乗員はある程度は好きなように行動できる。かれらは監視されているわけではないのでね。それに、クアンドのようなケースはほかにもたくさんあって、われわれは手一杯だった。目立たない事案がもっとも危険だったとはね。医師とクアンドの同僚がかれを助けようとしたが、うまくいかなかった」

ブルは通廊の端にいるふたりを指さした。「かれらはあそこに立って、見守っている」

「薬の影響はどうなんでしょう?」と、サラアム・シイン。緊張のあまり、自分のメロディのピッチがずれていて心苦しい。人間は気づかないだろうが。

「最初に気づいたのは医師だった」と、ブルはいった。「かれはクアンドがしばらく前から、人格を変えてしまう睡眠薬を服用していると報告している。薬の入手ルートが断たれて、男は完全に平常心を失った。グッキーの見立てでは、自分で薬を調合しようとしたらしい。その過程でちょっとしたミスをして、それがとどめの一発となって、いまかれはそこにいるというわけで……」

サラアム・シインは機械室の方向を見た。ここからでは、ようすがよくわからない。あれこれ策を練って対応を遅らせるわけにはいかない。「いちばんいいのは、わたしがかれとふたりきりになること。グッキーだけは待機しておいてください。わたしがクアンドを説得できたら、すぐに爆弾を宇宙に運びだせるように」

「幸運を祈る」と、レジナルド・ブル。

テラナーはちょうどクアンドと話し合っていたペリー・ローダンとラランド・ミシュコムに手ぶりで合図した。ふたりは意味をすぐに理解した。「あと半時間、クアンド！」と、ローダン。「バリアに到達するまであと半時間。半時間待ってくれ！」

男の返事はサラアム・シインには聞こえなかった。息をととのえ、視覚器官をちょっと閉じてから、グッキー以外の仲間にはなれてもらい、サラアム・シインはドアに近づいていった。

＊

かれから見ると、クアンド・ペルストは人類という種のなかでけっして目立つ部類ではなかった。身長百八十センチメートル、濃い褐色の髪、これといった特徴なし。サラアム・シインは、この男の身ぶり手ぶりをもっとよく知りたいところだが、しかたがない。かれはありとあらゆる種族とつきあった経験があった。

クアンドの額から頸筋に、汗がしたたり落ちている。からだはこわばっていて、まっすぐ立つのに苦労しているようだ。この男は禁断症状を呈《てい》しているか、誤った薬の処方に苦しんでいるという話はあたっているらしい。両手でグレイの重そうな箱を握りしめている。

「ここでなにをしている？」

不機嫌な声だ。その声には脅迫めいたニュアンスがあり、サラアム・シインはそれを軽く受けながすことはできなかった。だがその声は、クアンド・ペルストの状況を物語っていた。しかも、ふたりのあいだにつながりのようなものがあることを歌い手はからだで感じとった。

「いってくれ！　なにが望みだ？　これは冗談ごとじゃない！」

数秒間、サラアム・シインは声を出さなかった。沈黙がいかに危険かは知っていたのだが……ようやく精神を集中し、喉のつけ根にある環状発話膜に空気を送りこみ、友好的な和音を奏でた。

「あなたを助けたくてきた」と、かれは歌った。

クアンドは皮肉な笑いを浮かべた。「説得しろと命令されたのか。だが、なぜよりによっておまえが？　わたしはおまえを知らない。おまえは話し方は奇妙だし、風貌もおかしい」

「わたしはサラアム・シインです」

わけもなくクアンドが怒りだした。「おまえもじゃまにはいった一味か！」と、かれが叫ぶ。サラアム・シインは爆薬が揺れないよう、必死に祈った。「おまえたちは銀河系に飛行したがらない。だがわたしはそうさせる！　これが最後なら、わたしが挑戦する！　わたしがその気になれば、全員に死が待っている」

激昂したあと、クアンドはふたたび冷静さをとりもどした。サラアム・シインは、相手の内なる絶望と肉体的な負担の大きさをひしひしと感じた。それ以外は、狂気のバリアへの飛行がなせるわざだろう。コヴァル・インガードと同じように、精神を錯乱させる影響を大きくこうむっている。

サラアム・シインは、だらだらと考えている余裕はないと思った。さいわいにも、クアンド・ペルストはかれの特殊な能力を知らない。《シマロン》の外部の出来ごとにもさほど興味はないらしい。この男は自分のことしか見ておらず、過剰なプレッシャーに屈してしまったにすぎない。

名歌手はいくつかの音で部屋を充たした。すべての緊張が吹きとんだようだ。それは、かれ自身が経験した痛みと喪失をうたったシンプルな歌だった。故郷惑星ザアトゥルや子供時代の気ままな日々、その後のマルダカアンでの年月、ときには命がけの陰謀の数々。名歌手は名もない惑星で友を失い、またべつの友を得た。そのころからかれはネットウォーカーの一員だった。かれは理想を裏切り、〝ナムバク・シワ〟、すなわち死の歌を使った。何度もだ。一介の歌い手にとって、これほどの重荷があるだろうか？　そう、かれと、機械室でけっして起こることのない出来ごとを待ちのぞんでいる絶望的な男とのあいだには、類似点があったのだ。

「わたしはあなたに似ている」と、かれは歌った。「そう感じるか？」

クアンドは答えなかった。

サラアム・シインはアコースティックとプシオニックを完璧に統一させ、古い音に新しい音をくわえ、多くの詩節を考えだした。暗示的エレメントをくりかえし強調する。ときにはアミカとタルニという名前を演奏にさしはさみもした。ここにクアンドの真の問題があるとわかっていたからである。

男の顔は塩からい液体でべとべとになっている。あとは体力が持ちこたえてほしい。

かれが震えだすか、こぶしふたつ分ほどのサイズの箱をとりおとすだけで、《シマロン》乗員の命は吹っとぶ。ペリー・ローダンなら、いまごろ乗員を宇宙船から退避させているかもしれない。いや、自分はポジティヴに考えよう、とサラアム・シインは思った。ポジティヴに考え、かれの確信をクアンド・ペルストにも伝えるのだ！

　そのあいだに半時間が経過したが、突如としてかれはこの男の精神にアクセスできるようになった。それは一介の歌い手や、名歌手ですら、不可能なこと。だがかれの能力は歌うたびに向上していき、ついに〝非オファル的〟としかいいようのない域に達したのである。慣れない環境がそうさせたのかもしれない。新しい印象がかれに歌うことをやめさせなかった。

「わたしはあなたと同じ」と、かれはまた歌い、自分でもそう信じた。「感じますか？」

　クアンドの返事は、意味不明のつぶやきだった。しかし、今回は答えがあった。

最後にサラアム・シインは歌のクオリティをさらにあげてきた。男はもはやかれから逃げず、それどころかかれの影響下にはいってきた。

「わたしはあなたと同じ……」と、かれはくりかえした。「真実と向きあわなければ。あなたにはそれができる……ものごとをありのままに受けいれるのです、クアンド！アミカはあなたがここにいることをよろこばない。あなたのすべきことはなんですか？」

クアンドの答えはない。

「自分がすべきことがわかりますか？」サラアム・シインはもう一度訊いた。そしてこの男が自分の行為の無意味さに気づくように、全力でアコースティックとプシオニックの混合物を発した。

「ああ……いまわかった」クアンドがささやいた。

名歌手はかれのいわんとしていることを理解した。「動くな」と、かれはいったが、じつはこれはもうひとりに対する合図だった。「グッキーが爆弾を受けとる」

それを待っていたかのように、ちいさなネズミ＝ビーバーがかれの背後からあらわれた。サラアム・シインは、ミュータントが歌の力に対して防御していることに気づいたが、クアンド・ペルストに意識を集中しつづけた。成功まであと一歩のところで、失敗するわけにはいかない。

「逆らうな」かれは力をこめて歌った。「急な動きをしちゃいかん」

ちょうどそのとき、ネズミ＝ビーバーが男のところにきた。びっくりさせないために、いつもの習慣に反して足で歩いてきたのだ。

「逆らうな……」和音とその暗示効果は、あたるべきところに的中した。クアンドは抵抗することなく、爆発物を手わたした。同時にネズミ＝ビーバーは防護服のヘルメットをロック位置にして、気持ちを集中させ、次の瞬間、鋭い音とともに消えた。

サラアム・シインは黙りこんだ。この半時間でどれだけ体力を消耗したことか。かれには休息と栄養が必要だった。

メロディが消えると、クアンド・ペルストは倒れこんだ。最後の力がつきたかのようだ。かれらはみな、すんでのところで死をまぬがれたのだ、と名歌手は思った。それに気づくのがあとからでよかった。

通廊に出ると、ふたりの人物が駆けよってきた。ペリー・ローダンが医師だといっていた人物と、男の同僚の女性だ。サラアム・シインはかれらに注意を向けなかった。レジナルド・ブルもペリー・ローダンに対してもだ。もはやかれらの言葉も理解できなかった。

数秒後、ネズミ＝ビーバーがふたたびあらわれた。褐色の毛皮でしわがれ声のミュータントは、ヘルメットをあけ、一本牙《きば》をむき出しにした。「うまくいったよ、歌い手さん。爆弾はぼくが放りだしたらすぐに爆発した。きみのことを《ハーモニー》に連れてってあげるよ。どうする？」

グッキーはかれの反応を待たなかった。次の瞬間、サラアム・シインはネット船のからっぽのプロジェクター・ボウルにもどっていた。シントロニクスは、名歌手が最近好んでいる暖かくてなにもない砂漠の風景を映写してくれた。オファルの合唱団も歌をうたった。人工音声がうたったのはシオム・ソム銀河の紋章の門の歌だった。

サラアム・シインはよろこんだ。いまの自分はとうてい歌えるような状態ではなかったからだ。

＊

次の日、かれはコヴァル・インガードのために尽力した。クアンド・ペルストにしたような方法でブガクリスの〝蛮人〟を助けようとしたが、うまくいかない。必要な音量を絞りだせなかったのだ。だが音楽治療が終わると、インガードは狂気のバリアに接触する前のように安定した。

「これ以上は無理そうだ」別れぎわにサラアム・シインはいった。かれの環状発話膜は傷つき、穴だらけだった。「あなたはカルタン人に対する偏見を、わたしの助けなしに捨てなければならない」

かれは衝撃フィールド・トンネルを通って《ハーモニー》から《シマロン》へ行き、エイレーネに出迎えられた。この男の治療は不成功だったのか？　サラアム・シインにはよくわからなかった。だがすくなくともかれはそれを〝試み〟、破壊のためではなく命を救うため、コヴァル・インガードの心の健康のために、音楽を使った。それ以上なにを望む？

その日のうちに《ソロン》のカルタン人がもどってきた。かれらは挨拶もそこそこに、よけいなエネルプシ・エンジンをとりはずした。

ダオ・リン＝ヘイだけはその作業にくわわらなかった。

「このあいだの話を聞いた」サラアム・シインといっしょにプロジェクター・ボウルにすわって、かつての全知女性がいった。「わたしがいったことがわかったか？　あなたもあなたのやり方で戦っているといったんだ。戦いとは、見境のない暴力のみを意味するんじゃない。戦いは日常だ。われわれ全員は、その場で最善をつくしている」

サラアム・シインは疲れた顔で映写された砂漠の風景を見た。とげがある数本の植物が単調な風景をさえぎり、遠くにはたいらな丘が連なっている。

「そうだな」と、かれは答えた。

7

M‐30からのメッセージ

かれらはほかの場所でもゾンデや無人艇でテストをおこなった。だがどこでも結果は同じ。銀河系には進入できず、宇宙船もハイパー探知エコーもそこから出ることができないらしい。ただ、目に見える光だけが、かれらの故郷銀河がまだ存在することを証明していた。

「ペリー！」ラランド・ミシュコムが呼んだ。「レジナルド！　興味深い通信を傍受しました！」

ローダンはすぐに席につき、シグナルをモニターに転送させた。横にはレジナルド・ブルが立ち、なにが出てくるのか緊張して待っている。自動メッセージだ。受信機は話し言葉ではなく、テキストを表示している。

「わたしは〝サトラングの隠者〟だ」と、文字があらわれた。「銀河系に接近するすべての宙航士に警告する。暗黒勢力がこの星の島を牛耳《ぎゅうじ》っている。この勢力は壁を突破しようとするすべての者の精神とからだを破壊する。この悪魔はテラス・ホールに住んでいる……サトラングにきて、同じ志《こころざし》を持つ者たちとともに新しい支配者の暴力と専横に抗して戦おうではないか！」

　ずいぶんもったいぶったメッセージだ、とローダンは考えた。さまざまな生物に語りかけているようだ。だがなぜインターコスモなのか？　インターコスモは銀河系種族の言語で、この銀河の外ではほとんど意味をなさない。数秒後にふたつめのメッセージがはいった。シントロニクス・バッテリーによると、こんどは同じ文言がハンゴル語で送られてきた。さらにいくつかの言語がつづいた。

「どういうことでしょう、ペリー？」

　ローダンはずんぐりした赤毛の男を横から見て、肩をすくめた。「よくわからんが、ひとつたしかなのは、手がかりをつかんだということ。ララント、方位は測定できたか？　メッセージはどこから？」

「ちょっと待って、ペリー……ここから六千光年、すぐ近くです。この球状星団はM-30。狂気のバリアとの距離は五百光年」

　ローダンはちょっと考えた。レジナルド・ブルも同じ考えなのはわかった。ふたりはすばやく視線を交わした。経験豊富なこのテラナー二名がこんなチャンスを逃すはずがない。

「イアン、M‐30に針路をとる」ブルが決断をくだした。「ほかの宇宙船に針路の指示を出せ。次の位置確認航行では、主要メンバー全員を《シマロン》に集め、会議をおこなう」

ローダンは背中にするどい風を感じた。振りかえるとグッキーが立っている。ネズミ＝ビーバーは一本牙をむき出しにしていった。「いよいよだね、ペリー。やることがあるってのは、いいもんだよね」

「たしかに。だがサトラングの賢者とは、だれなんだ……」

「とにかく、かしこいやつだ」レジナルド・ブルは失礼な口をきいた。「この若者は頭がいいにちがいない」

＊

通信は黄色恒星の第二惑星からだった。

サトラングにちがいない、とローダンは思った。そのどこかにあのあやしげな賢者がいる。いまはカルタン語が自動送信されているところ。

「あと二十分で着陸」イアン・ロングウィンがいつものちいさな声でいった。「あっ……ちょっと待って！　通信がとだえました！　そのかわりにちがうメッセージが。こんどは平文だ！　再生に切りかえます」

最初は司令部のスピーカーからぱちぱちという音が聞こえただけだった。しかし、そのあとで恐怖とパニックと衰弱がはっきりと聞きとれる、人間の声が流れてきた。

「かれらは奪っていった。わたしはもう、わずかな時間しか生きられない。これからどうなるのか？　ここにはわが戦いをひきつげる者はいない。この何百年は、すべてむだになった。もうおしまいだ。わたしは死に……」

　まだ正確な探知結果は出ていなかったが、ローダンはすばやく行動した。銀河系船団の十三隻を分散させ、搭載艇を発進させたのだ。数分でサトラング宙域は封鎖された。サトラングの軌道をさまざまな構造の宇宙船数十隻がめぐっている。ほとんどが未知の船だが、グラドやマークスの宇宙船も、ハンガイ銀河のトリマランもいる。だが銀河系の宇宙船は皆無《かいむ》……

「軌道上の宇宙船は通信とは無関係のようです」と、レジナルド・ブル。「宇宙船の残骸も混じっていますな」

「サトラングに着陸する」ローダンがイアン・ロングウィンにいった。「この惑星のデータはあるか？」

「お待ちください、ペリー」

メイン・スクリーンにくわしいデータが表示された。サトラングは地球に似たちいさな惑星で、重力がちいさく、酸素濃度は低い。赤道の南にテラのオーストラリアと同じくらいの大きさの大陸があり、《シマロン》の探知機はそこに大規模な技術施設があることを確認した。

「こちらへの発射を確認！」と、イアン・ロングウィン。「でもロボット宇宙要塞から放たれたゾンデ二基のようです。危険はありません」

「それなら問題はない」と、ローダン。

ラランド・ミシュコムは防御バリアに構造亀裂を一カ所あけ、《ペルセウス》の搭載艇一機をドッキングさせた。二秒後、ローダンはまたテレポーターがあらわれるとき特有の風を感じた。ラス・ツバイだ。搭載艇がこのテレポーターだけを連れてきたのだろう。

「ハロー、ラス！」

「ここでお役にたてるかと思ったんです、ペリー」

「どうだろう。わたしはこんどの任務はグッキーにやってもらいたいんだが」

「あのちびはどこに？」

「さあ。さっきまでここにいたんだが……」

「新しい探知結果が出ました！」ラランド・ミシュコムが興奮気味に口をはさんだ。

「藪のなかのアンテロープもびっくりです」

ローダンはモニターで亡霊のようなものを見た。高速でサトラングから遠ざかっていく物体の探知リフレックスである。それは狂気のバリアとその向こうの第二の壁のことなどかまわないかのように、銀河系の方向にまっすぐ針路をとった。

そして亡霊は消えた。

「あれがなんであれ」と、レジナルド・ブル。「われわれに接近してこないのはありがたい」

赤毛の男のいうとおりだ。亡霊は一瞬も動きをとめることなく、バリアを突破した。この宇宙船にとっては、バリアは脅威ではないのだ。かれはショックを振りはらい、司令室を見まわした。

〈グッキー〉と、かれは集中した。〈いますぐきみが必要だ〉

なぜネズミ＝ビーバーは聞いていないのか？　テレパシー性のメッセージは、通常ならちびのイルトにかならずとどく。サトラングを偵察するために、いまこそかれが必要なのに。

「グッキーはどこだ？」かれは声に出していった。

司令室の全員が困りはてたが、ローダンはいったんキャビンにもどった。船団はしばらく軌道上にとどまっている。すこしして、ラス・ツバイがネズミ＝ビーバーの情報を持ってきた。かれの疑いはあたっていた。

「まずはすわれ、ラス」と、かれはいった。「あのちび、また単独行動か」

ローダンはアフリカ人と視線を交わした。ふたりとも考えていることは同じ。ネズミ＝ビーバーのシュプールはわからないが、ふたりがかりならなんとか見つけられるだろう。

8

現在　NGZ一一四三年五月十日

「なんとか切りぬけたわよ、クアンド」

一時間前にかれは意識を回復し、気分もかなりよくなった。おだやかな陶酔薬を処方されたせいかもしれないし、からだから毒素が抜けたせいかもしれない。

「きみのいうとおりだ、ヴァレリー。唯一の問題はわたしの頭のなかにある。自分がそんなことをしたなんて理解できない。この現実とどう折りあいをつけたらいいか、まだわからないよ」

ぴったりした裁断の白いオーヴァオールが、ヴァレリーの姿を引きたたせている。大きな目と短くカットした明るい褐色の髪、親しみやすい顔に、かれは元気づけられた。自分自身に驚き、クアンドは目を閉じた。不本意にも未来へジャンプしてから、こんなふうに女性を見る日がくるなんて。もしかすると、あの歌い手のメロディのせいだろうか。

「わたしは」と、ヴァレリー。「船内裁判所が、あなたの行動の責任を問うことはないと思うの。あなたを罰することはできない。すべてはショックのせい。六百九十五年……わたしたちもまったく同じ経験をしたのだから」

クアンドは彼女がまちがっていることを知っていた。だれもかれが置かれた状況を理解できない。それはもう終わったのだろうか？　そうあってほしいものだ。すくなくとも、きょうはきのうとはちがっている。「ひとつ知りたいことがある、ヴァレリー……ぼくがきみにしたことを怒ってる？」

彼女はやさしくほほえんだ。「ぜんぜん。そうじゃなきゃ、ここにいないわよ。でも、あなたはやっぱりおばかさんね」

あとがきにかえて

赤坂桃子

ほぼ十年ぶりに宇宙英雄ローダン・シリーズの翻訳を担当することになった。最初に本シリーズを翻訳したのが二〇〇三年で、二〇一四年の『マルゴルの大波』まで二十冊ほど訳した。その後もさまざまなジャンルの本を翻訳し、私自身も年齢を重ねてきたが、いちばん大きく変わったのは、翻訳という仕事をとりまく環境ではないかと思っている。人工知能の発達により、翻訳業、通訳業は不要になるのではという議論もある。でも今ほど言葉がないがしろにされている時代はないと私は思う。文章にせよ、音声による意思疎通にせよ、「だいたい通じれば、それでＯＫ」では済まされない領域というものはあるのだ。物語の翻訳はふたつの文化をつなぐむずかしい作業で、正直、うまくいかないことのほうが多いのだけれど、できるだけ細かなニュアンスまで伝えられるよう、言葉に対する誠実さを失わずにやっていきたい。どうぞよろしくお願いいたします。

訳者略歴　上智大学文学部ドイツ文学科・慶應義塾大学文学部卒，翻訳家　訳書『マルゴルの大波』ヴルチェク，『NSA』エシュバッハ（以上早川書房刊），『読書について』ショウペンハウエル他多数

HM=Hayakawa Mystery
SF=Science Fiction
JA=Japanese Author
NV=Novel
NF=Nonfiction
FT=Fantasy

宇宙英雄ローダン・シリーズ〈703〉

ポスビの継承者《けいしょうしゃ》

〈SF2427〉

二〇二三年十二月 二十日　印刷
二〇二三年十二月二十五日　発行
（定価はカバーに表示してあります）

著者　H・G・エーヴェルス　ロベルト・フェルトホフ
訳者　赤《あか》坂《さか》桃《もも》子《こ》
発行者　早川　浩
発行所　株式会社　早川書房
郵便番号　一〇一‐〇〇四六
東京都千代田区神田多町二ノ二
電話　〇三‐三二五二‐三一一一
振替　〇〇一六〇‐三‐四七七九九
https://www.hayakawa-online.co.jp

乱丁・落丁本は小社制作部宛お送り下さい。
送料小社負担にてお取りかえいたします。

印刷・信毎書籍印刷株式会社　製本・株式会社明光社
Printed and bound in Japan
ISBN978-4-15-012427-4 C0197

本書のコピー、スキャン、デジタル化等の無断複製は著作権法上の例外を除き禁じられています。